1910

Editora Appris Ltda.
1.ª Edição - Copyright© 2023 do autor
Direitos de Edição Reservados à Editora Appris Ltda.

Nenhuma parte desta obra poderá ser utilizada indevidamente, sem estar de acordo com a Lei nº 9.610/98. Se incorreções forem encontradas, serão de exclusiva responsabilidade de seus organizadores. Foi realizado o Depósito Legal na Fundação Biblioteca Nacional, de acordo com as Leis nos 10.994, de 14/12/2004, e 12.192, de 14/01/2010.

Catalogação na Fonte
Elaborado por: Josefina A. S. Guedes
Bibliotecária CRB 9/870

R788m
2023
	Rosa, Josenias Brives
	    1910 : um conto de família / Josenias Brives Rosa. – 1 ed. –
	Curitiba : Appris, 2023.
	    84 p. : il. ; 21 cm.
	
	    ISBN 978-65-250-5345-5
	
	    1. Contos brasileiros. 2. Família. 3. Homem. I. Título.
	
	                                                 CDD – B869.3

Appris
editora

Editora e Livraria Appris Ltda.
Av. Manoel Ribas, 2265 – Mercês
Curitiba/PR – CEP: 80810-002
Tel. (41) 3156 - 4731
www.editoraappris.com.br

Printed in Brazil
Impresso no Brasil

Josenias Brives Rosa

1910
Um Conto de Família

Ilustrações de Robson Strobel

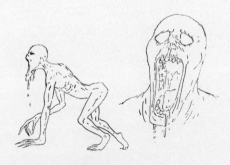

Appris
editora

FICHA TÉCNICA

EDITORIAL	Augusto Coelho
	Sara C. de Andrade Coelho
COMITÊ EDITORIAL	Marli Caetano
	Andréa Barbosa Gouveia (UFPR)
	Jacques de Lima Ferreira (UP)
	Marilda Aparecida Behrens (PUCPR)
	Ana El Achkar (UNIVERSO/RJ)
	Conrado Moreira Mendes (PUC-MG)
	Eliete Correia dos Santos (UEPB)
	Fabiano Santos (UERJ/IESP)
	Francinete Fernandes de Sousa (UEPB)
	Francisco Carlos Duarte (PUCPR)
	Francisco de Assis (Fiam-Faam, SP, Brasil)
	Juliana Reichert Assunção Tonelli (UEL)
	Maria Aparecida Barbosa (USP)
	Maria Helena Zamora (PUC-Rio)
	Maria Margarida de Andrade (Umack)
	Roque Ismael da Costa Güllich (UFFS)
	Toni Reis (UFPR)
	Valdomiro de Oliveira (UFPR)
	Valério Brusamolin (IFPR)
SUPERVISOR DA PRODUÇÃO	Renata Cristina Lopes Miccelli
REVISÃO	Josenias Brives Rosa
DIAGRAMAÇÃO	Bruno Ferreira Nascimento
CAPA	Lívia Weyl
ILUSTRAÇÕES	Robson Strobel

A Deus, por transformar a vida de cada família.

Agradecimentos

Agradeço ao pastor Josué Gonçalves de Azevedo, pelas importantes contribuições no processo de desenvolvimento da obra.

Aos membros da minha família, José Adecio Rosa, Osineia Brives Rosa e Poliana Brives Rosa, pelos incentivos à escrita da obra. Vocês impulsionam meu crescimento.

À minha falecida esposa, Pamela Cristina dos Santos Ferreira, pelo maior incentivo para desenvolver o livro.

Agradeço à Joiciele Nascimento da Conceição e à Jaine Marques Silva, pelo grande incentivo que me deram à publicação do livro.

Sumário

CAPÍTULO I
ÁUSTRIA-HUNGRIA 11

CAPÍTULO II
FESTA EM FAMÍLIA 15

CAPÍTULO III
HOMEM DE BRANCO 25

CAPÍTULO IV
MEIA-NOITE 36

CAPÍTULO V
PALESTRA 61

CAPÍTULO VI
DEMÔNIOS 67

CAPÍTULO VII
DEUS 78

CAPÍTULO I

Áustria-Hungria

O ano era 1910, exatamente dia 10 de janeiro. Eu estava na Áustria-Hungria, estava resolvendo um caso paranormal, faltavam 10 dias para eu voltar para o Brasil.

No ano seguinte, estava marcada uma palestra para eu comparecer no teatro municipal na cidade de Rio de Janeiro, no Brasil, eu nunca tinha visto um caso tão complicado como aquele. Essa história tinha começado já um ano antes, na cidade de Barbacena, Minas Gerais.

Me chamo Josenias, vou lhe contar sobre uma das minhas lutas contra as forças do mal.

Hermes Rodrigues da Fonseca era militar, ele foi, em 1910, o primeiro gaúcho a ser eleito presidente da República.

As roupas daquela época encantavam muito, saias mais curtas, sem espartilho e cabelos chanel. Por causa do clima tropical, as brasileiras gostaram muito dessa moda de vestido tubulares e curtos com os braços à mostra.

Era um estilo muito ousado para aquela época, mas as mulheres estavam em mudanças, procurando algo novo!

Os homens usavam calças de linhas pretas ou cor bege, dependendo muito da hora, dia ou da ocasião, os trajes sempre deveriam ser formais. Sóbrios e elegantes, durante ou fora do horário do trabalho, as características básicas das roupas masculinas eram sempre usar tons escuros e discretos, nunca chamativos demais. As roupas sempre deveriam estar bem passadas e bonitas, durante o dia. Os homens que eram relaxados com sua aparência sempre eram malvistos e tinham sua reputação arruinada, fazendo as moças se afastarem. Os homens daquela época eram muito mais formais do que os de hoje!

Todos os cavaleiros deveriam vestir calças, coletes e um chapéu correto dentro das ocasiões, cada momento tinha sua roupa certa, desde uma dança num baile a uma simples caminhada. Andar pelas ruas apenas com as roupas de baixo, mostrando as mangas da camisa, era muito impróprio, era visto como algo desrespeitoso e vulgar. Por isso, os homens deveriam usar coletes. Essa peça era essencial para as vestimentas masculinas, os coletes geralmente eram peças simples, sem mangas, com pescoço profundo ou raso, com botões na frente. Alguns pequenos bolsos na parte da frente dos coletes eram frequentemente usados para pôr o relógio ou corrente.

Era muito comum o uso de casacos e jaquetas por cima da blusa e colete. Como os Frock Coats, The Tuxedo (Smoking), Norfolk jacket, Sack Jackets.

Os chapéus também eram uma peça muito importante naquela época. Havia vários modelos populares, a Cartola o Boater Panamá, Homburg, Pork Pie e, a famosa, Boina.

As casas, em 1910, eram muito magníficas. Geralmente, havia uma grande mesa de madeira robusta e pesada que ficava no meio da cozinha para preparar os alimentos e sempre era usada pelas cozinheiras.

Os pisos da época eram de pedra polida ou ladrilho recortado. Nas regiões das mesas, podia ter piso de madeira que suportava melhor o peso da mesa.

As paredes eram muito altas e as janelas eram colocadas o mais alto possível, isso ajudava a tirar o calor da casa, fazendo o ar circular por tudo. Nas decorações, cortinas de tecido cheio de babadinhos, paredes cheias de estampas em madeira.

Os utensílios eram panelas de ferro ou cobre e não podia faltar o caldeirão de ferro e um grande tacho de cobre. As pessoas não comiam na cozinha, usavam um cômodo ao lado que se chamava copa.

As copas eram como a sala de jantar de hoje em dia, as mesas eram sempre grandes, bem apresentadas, com um grande forro bordado ou de renda. Era comum ter uma cristaleira, na qual ficavam as louças da casa, copos, pratos, travessas e muitos outros itens.

Sempre nas janelas, havia cortinas grandes e exageradas de detalhes. Sempre um lustre sobre as mesas, isso era muito chique.

As pessoas que tinham uma grande condição financeira possuíam, em suas casas grandes casas, um grande lustre para expor sua riqueza. Nas salas de visitas, onde as pessoas faziam questão de mostrar suas riquezas, sempre havia grandes lustres, todos de vidro, esse era o primeiro sinal de quanto dinheiro eles tinham.

Para se mostrar mais, eles tinham que ter um piano na sala de estar preto ou branco. Nas salas de visitas, era indispensável uma lareira radioativa que produzia calor sem a queima de lenha ou uma que usava lenha. Nessa época, estava se popularizando os rádios no Brasil, fazendo os brasileiros deixarem de lado a sua vitrola, que sempre era tocada depois do almoço e nos dias de festas, pois ali era o local onde todos se reuniam, onde a família recebia as suas visitas. Um grande e belíssimo sofá era muito importante na sala, geralmente era de madeira com o acolchoado de espuma, era muito confortável e elegante, sempre tinha que ter uma cadeira soberana em algum canto de destaque, essa cadeira era do homem da casa. A decoração contava com vários tapetes grandes em toda a parte.

Grandes cortinas, abajur e porta-retratos eram muito importantes para uma casa, artigos de decoração. O mais incrível da época era a estampa de madeira nas paredes, isso era sinal de riqueza.

Nas maiorias das casas, tinha papel de parede, mas nas casas dos ricos tinha estampa de madeira, isso era muito mais chamativo, dava um ar de nobreza às casas.

Havia também as salas de leituras. Era uma sala com estantes cheias de livros e alguns sofás, muitas cortinas e papéis de paredes.

Nessas casas, sempre tinha os quartos do casal no andar superior. Esses quartos sempre tinham uma grande decoração, o quarto do casal era chamado de quarto principal, onde a cama era o ponto central. Elas eram cobertas com grandes lençóis e muitos travesseiros com babados, fitas de rendas e muitos outros adereços. Todas as cortinas tinham que combinar com a cama, tapete e com o papel de parede. Todos os quartos tinham uma mesinha de banheiro, era uma mesinha alta com uma bacia de porcelana e um jarro com água que era usado para se limpar antes de dormir e de se levantar. Todas as mulheres ricas tinham a sua penteadeira com um grande espelho.

Nos pés da cama, tinha um baú que era usado para guardar vestido grande e anáguas volumosas, quando fechado, servia como banco e ajudava nas horas de se vestir.

Nos banheiros dos ricos, tinha uma banheira de porcelana e um vaso sanitário, alguns tinham os esguarda-pés, uma espécie de banheira pequena para lavar os pés antes de dormir, um dos luxos. As paredes eram cheias de azulejos delicados, coloridos e cheios de estampas.

CAPÍTULO II

Festa em família

O que eu vou lhe contar aconteceu com a família Lopes, em Barbacena-MG. No dia 25 de dezembro, mais um dia normal da família Lopes, eles se organizavam para um churrasco, para comemorar o Natal.

No começo da manhã, quase toda a família Lopes estava reunida, na casa do avô Adão, um senhor branco de 86 anos de idade, baixo, barrigudo, careca, casado com a avó Lucia de 77 anos de idade, uma senhora bem humilde. O primo Felipe, a prima Leticia, o tio marcos, a tia Cristina, o tio Reuel, o tio Josiel, o primo Gabriel, a prima Gabriela e os outros membros da família olhavam o tio Rafael magro e alto de 37 anos de idade, que estava arrumando a churrasqueira para começar a assar um cordeiro inteiro, ele tinha colocado o carneiro na mesa para começar a temperar. Todos estavam muito felizes, as crianças corriam para todos os lados!

A tia Fernanda, uma senhora baixinha de 46 anos de idade, irmã mais velha do Rafael, gritava para as crianças pararem com toda aquela bagunça. Seu filho André de 14 anos de idade falou que iria se sentar.

— Crianças, sosseguem essas bundas de vocês! Vão acabar quebrando alguma coisa! — falou tia Fernanda.

— Está bem, mãe. Já estou indo sentar-se ali na cadeira, perto do avô! — respondeu André.

O neto do Adão ficou chateado, mas não desobedeceu a sua mãe, Fernanda. A prima Priscila, de 20 anos de idade, filha do Rafael, que estava na cozinha preparando uma maionese com batata, veio arrumar a mesa que estava na área da casa do avô Adão. De repente, veio chegando com seu Rolls Royce 1907, em frente à casa do avô Adão, era enorme, no centro da cidade, paredes muito altas, grandes janelas, tinha uma enorme varanda no fundo. Toda a família trabalhava com café, um dos maiores produtores da região, eles tinham uma fazenda de café chegando na cidade. Os últimos parentes da família, o tio Douglas, de 38 anos, alto, bem arrumado, com um paletó marrom, com uma boina, e sua esposa Jaine, de 32 anos de idade, altura média, de cabelo escuro, comprido e liso, um vestido amarelo todo de renda com chapéu casquete. Douglas já veio brincando com todo mundo falando besteira, aquela piada de tiozão! Fazendo a maior bagunça.

— Um bom dia a todos e todas! Alguém fez pavê? Eu quero ver!? — falou tio Douglas.

— Já, já! Você vai ver o pavê! — respondeu prima Priscila.

1910 • UM CONTO DE FAMÍLIA

A avó Maria de 92 anos de idade, bem magrinha, casada com o avô Felipe com 90 anos de idade, pais do Douglas e da Neia de 50 anos de idade, com um vestido de renda todo florido, mãe da Gabriela e da Priscila, estava preparando no fogão à lenha uma típica feijoada brasileira. A avó Maria começou a chamar atenção do seu filho Douglas, ela queria que ele não ficasse tão presepeiro.

17

— Vem aqui, Douglas! Tem que ter um respeito, estamos na casa dos seus avós! — disse avó Maria.

— Tá, mãe! Já vou parar! — falou Douglas. — Pronto, já estou parando!

Todos reunidos na varanda, começaram a comemorar, rir, brincar um com os outros, como uma família normal. O avô Adão, que estava sentado numa poltrona, foi ficando muito chateado com a alegria de todos da família! Ele também queria poder se divertir como todos! Começou a chorar e resmungar... Ele queria ser mais novo para poder brincar mais com sua família.

— Como eu queria ser mais novo! Só para poder comemorar melhor este dia com vocês! — disse o avô Adão.

— Para! Avô, o senhor está aqui vivo! Pode muito bem comemorar este dia com toda a família! — respondeu a prima Priscila.

— Não sei como está reclamando! Eu vou morrer primeiro que o senhor mesmo! — brincou tio Douglas.

— Pode parar de ficar tocando nesse assunto de morte com o avô Adão! — chamou a atenção tio Josiel.

— Gente, vamos parar com essa conversa estranha e voltar à festa! — disse tia Cristina.

— É sério, eu vou morrer logo! — retornou a brincar tio Douglas.

— Eu que vou morrer! Já estou bem velho, vocês estão aí cheios de vida! — completou avô Adão.

— Nunca, velho! Eu já falei que vou morrer primeiro! Quando eu morrer vou voltar e puxar seu pé na cama! — repetiu tio Douglas.

— Vamos parar de falar sobre assunto de morte! Por favor, amor, para de falar nisso! — finalmente, pediu tia Jaine.

— Só paro quando o avô assumir que ele não vai morrer! Onde se viu um velho novo desse jeito achar que vai morrer tão cedo assim! — respondeu tio Douglas.

— Já estou com 86 anos! Eu vou morrer e voltar para tirar o lençol da sua cama! Nesse dia você vai saber como é bom! — disse avô Adão.

— Sei não, ein, velho! Vamos fazer um acordo aqui e agora!? Quando um de nós morrer, o que morreu vai voltar para incomodar o outro por um ano! Topa!? — falou tio Douglas.

— Que acordo besta. Já pode ir parando com essa brincadeira! Isso não é coisa de brincar! Vocês são grandes para ficar falando isso! — brigou tia Neia.

— Eu aposto! Quero só ver quando eu morrer! — finalizou avô Adão.

— Vai ver nada, seu velho! Nesse dia, eu vou te matar de susto! — disse tio Douglas.

Então, foi assim que eles fizeram aquele pacto, marcando aquele belo dia de Natal. Tudo por apenas uma brincadeira inocente que dois adultos não souberam relevar! Passando para aquela hora de almoço, todos já tinham esquecido das besteiras do avô Adão com o tio Douglas.

Todos se reuniram e foram para a copa (sala de jantar), sentaram-se à mesa e começaram o almoço em família, aquela grande mesa bem cheia, um peru no centro da mesa, o cordeiro dividido em dois pedaços, na cabeceira da mesa, uma panela de ferro cheia de feijoada e outra panela com muito arroz. Todo mundo encheu os pratos, todos prontos para comer, tio Rafael falou que todos deveriam esperar o avô Adão orar para abençoar aquele almoço.

— Senhor Deus pai, estamos aqui em sua presença para agradecer por este banquete, que o senhor não deixe faltar em nossa mesa, que cada dia venha prosperar seus filhos e derramar suas bênçãos em nossa família e que tenhamos mais dias felizes como este. Amém. — orou avô Adão.

— Atacar! — finalizou tio Douglas.

Todos riram e começaram a comer, avó Maria começou a elogiar a maionese da Priscila, a tia Neia estava achando muito saboroso o cordeiro que o tio Rafael tinha preparado na churrasqueira. Nossa como estava delicioso aquele almoço, todos estavam satisfeitos, reunidos na mesa de família, todos felizes! Um ótimo almoço de Natal. As crianças comeram até não aguentar mais, acabando aquele almoço, as moças começaram a retirar a mesa, falando sobre aquele almoço. Os homens foram sentar-se no canto da área para descansar e conversar mais um pouco!

— Então, Rafael! Como está indo naquela fábrica de açúcar!? Vai nos contar como conseguiu arrumar esse trabalho? — perguntou tio Marcos.

— Verdade, eu estava até comentando esse assunto com a Neia! Nós estamos secando uma grande safra de café. Talvez, este mês nós vamos conseguir um bom preço! — respondeu tio Josiel.

— Difícil eu falar alguma coisa! Começamos a exportar muito açúcar ultimamente! — completou tio Rafael.

— Fala, tio, como você fez!? — perguntou primo Gabriel.

— Eu só fui lá na impressa e me apresentei! Falei que entendia da área de trabalho! Que já tinha trabalhado em Portugal com açúcar!

— Tá bom! Eu sei que não foi só isso! Está escondendo o jogo, né! — brincou tio Marcos.

Todos começaram a rir. O tio Marcos pegou no sono e dormiu ali mesmo no chão da área, roncava muito, parecia que estava com um trator ligado. As crianças não estavam nada cansadas, saíram e foram brincar no quintal, estavam loucas para correr.

Chegando lá pelas cinco horas da tarde, a avó Maria já queria voltar para casa que era na cidade de Alfredo Vasconcelos, foi até na varanda para pedir para seu filho Douglas levá-la. A viagem de volta era grande, pois ela morava na cidade vizinha, seu filho já foi se levantando e se despedindo da família, ele estava pronto para pegar a estrada, sua casa era numa chácara que se chamava Recanto da Luz, a 35 quilômetros da cidade da sua mãe. Sua esposa Jaine saiu da cozinha e foi se despedir da avó Lucia e o avô Adão. Saindo de carro dali, todos foram no portão dar um tchau, as crianças não estavam nem se importando, não queriam parar de brincar!

— Beça, avó, fica com Deus! Não liga pelas brincadeiras do Douglas! Já ele cresce! — disse tia Jaine.
— Deus te abençoe, menina! Toma muito cuidado nessa estrada. Não vão correndo! — pediu a vó Lucia.
— Não se preocupa com isso! — completou avô Adão.
— Tchau gente, juízo vocês! — despediu-se tio Douglas.
— Tchau, até mais! — disse a família.

Pegando a estrada de volta para casa, Douglas resolveu passar no posto para completar o tanque do seu carro. Jaine e sua sogra foram a uma mercearia pegar alguns lanches para eles comerem na estrada.
— Vamos ali na mercearia comprar alguma coisa, sogra!? Vocês querem alguma coisa diferente? — perguntou Jaine.
— Não! O que vocês trazerem já está bom! — disse o avô Felipe.
Entrando na mercearia que era na calçada, elas viram que tinha algumas frutas muito bonitas e frescas, pegaram algumas laranjas e cinco poncãs e voltaram para o carro.

Pronto, carro abastecido, lanches comprados, Douglas voltou à estrada para casa da sua mãe. A estrada saindo de Barbacena era uma estrada de chão batido e esburacado até a divisa de Alfredo Vasconcelos.

Estava sendo uma viagem muito tranquila, chegando na divisa de Barbacena, o carro furou o pneu. Douglas saiu para trocar o pneu, saindo tudo tranquilo no momento que coloca o pneu furado no porta-malas, passa um Itala 35-45 HP 1909 com muita pressa, passa com uma das rodas numa poça de água, jogando barro em Douglas e dentro do seu carro, sujando toda a sua família, o que o deixou com muita raiva!

— Esses caras não sabem andar não!? Ficam só sujando a gente! Eles vão acabar matando alguém nessa estrada péssima! — disse Douglas.

Nesse momento, o pai Felipe que estava quieto a viagem toda fala para seu filho ter mais calma.

— Como posso ter calma com uma coisa dessa, pai!?

—Tendo, filho! Não pode se preocupar com tanta pouca coisa. Isso é apenas um acidente!

Ele se acalmou e conseguiu voltar ao volante. Chegando em Alfredo Vasconcelos, Douglas toca seu carro até a casa da sua mãe!

Chegando lá, ela o pergunta se eles querem ficar, mas um pouco antes de ir.

— Não, mãe! já temos que voltar. Tenho que prender o gado hoje para tirar o leite das vacas amanhã de manhã! — respondeu Douglas.

— Está bem, meu filho, vai com Deus nessa estrada! — falou mãe Maria.

— Não perca a calma! E que Deus te acompanhe! — completou pai Felipe.

Voltando para casa, Douglas e sua esposa Jaine olhavam para a fazenda e viam que estava tudo normal, já era bem tarde quando chegaram. Era uma fazenda com muitos empregados. Era uma terra grande, uma fazenda de gados, um casarão de dois andares com telhado de telha de barro, com várias janelas, todas brancas. Uma grande sala de estar, cozinha enorme, sofá bem espaçoso, várias cortinas, o segundo piso era bem elegante, as paredes eram altas demais. Um celeiro grande perto da casa no qual dava para guardar alimentos para os animais o ano todo, tinha até um segundo piso para poder guardar algumas ferramentas.

Um estábulo bem espaçoso para os cavalos, um curral bem grande. O pasto era bem verde, no fundo do casarão, tinha um riacho com nascente, água cristalina repleta de peixes, era tão limpo que parecia um espelho. Muitas cabeças de gado, alguns cavalos, alguns chiqueiros de porcos no fundo e várias galinhas. Vários cachorros para caçar, 7 Beagles, 10 Schillerstovare e 5 Rastreador Brasileiro.

23

Douglas parou o carro em frente à sua casa e foi com seus empregados ver como estavam as vacas para colocar no curral. Sua esposa entrou em casa e foi chamando sua dama de companhia que se chama Pamela, uma moça de 26 anos de idade que sempre estava arrumada, pediu para ela esquentar a água para poder tomar um banho e descansar da viagem.

Eles não tinham nenhum filho, estavam esperando a hora certa para ter uma criança. Assim que prendeu os bezerros, Douglas voltou para casa para tomar um banho e ir dormir, tinha que tirar leite bem cedo no dia seguinte!

Douglas era um rapaz muito rico, mas gostava muito de trabalhar no campo, amava estar ali cuidando da fazenda. Não importava o dia ou a hora sempre, estava disposto a ir trabalhar.

O céu estava pronto para descansar. As nuvens estavam limpas, os animais tranquilos, tudo era como uma simples tarde de terça-feira.

Todos os dias, Douglas e sua família acordavam cedo para tratar dos animais. Uma família muito trabalhadora.

Jaine tinha um grande sonho de ser mãe, mas seu marido acreditava que não era hora de ser pai, sempre focado no trabalho do campo!

Só queria mostrar para sua família que ele era capaz de ter uma grande vida. Sua família era de grandes produtores de café, tinha uma das maiores plantações da região.

Era uma época difícil no país, mas, com a grande riqueza que tinha, toda a família de Douglas estava muito tranquilo para viver. O país era um grande exportador de café e açúcar.

O mundo estava se preparando para ter uma grande guerra. A economia não estava boa, precisava de muita produção de café para estabilizar a renda, os portos estavam a todo vapor!

Era esperado uma grande crise no país!

CAPÍTULO III

Homem de branco

Foi assim que começou aquela história que mudaria completamente a vida da família Lopes!

Se passando um ano, todos esqueceram da brincadeira de Douglas e o seu avô. No dia 15 de agosto, às três horas da madrugada, o avô Adão faleceu. Nesse exato momento da morte, na casa de Douglas, todos seus relógios param de funcionar, exatamente às três horas, deixando essa hora gravada em cada um dos seus relógios. Como se houvesse um terremoto, todos os móveis da casa começaram a tremer, fazendo um grande barulho! Assustando todos do casarão, fazendo eles levantar da cama o mais rápido que possível, para ver o que estava acontecendo. Eles ficaram muito assustados ao ver todas aquelas bagunças, as paredes pareciam que iriam quebrar de tanto que tremiam, sem saber o que estava acontecendo. Jaine foi para a cozinha, ela achava que a sua dama de companhia estava lá. Nesse momento, assim que Jaine entra na cozinha, ela cai no chão, alguns pratos passam voando pela sua cabeça na direção de seu marido.

No último segundo, seu capataz Marcos, um homem barbudo com uma roupa toda rasgada, puxou Douglas para a louça não o machucar, fazendo os pratos baterem na parede e se quebrar.

— Cuidado senhor! — disse Marcos.

— Ah! O que está acontecendo com nossa casa!? — falou Jaine assustada.

— Foi por pouco! Não sei o que estava acontecendo! Vamos sair daqui rápido! — respondeu seu marido.

Todos entram em desespero e sua esposa começou a gritar, Douglas a agarrou e a levou para porta de saída, sem entender o que estava acontecendo. Todos ficaram no lado de fora escutando os barulhos que a casa estava fazendo como toda aquela bagunça. Ficaram ali sentados até amanhecer, assim que o sol surgiu no horizonte, os barulhos se encerraram, voltando tudo normal, como nada tivesse acontecido.

Meio desconfiados, eles resolveram voltar para dentro de casa, olhar o que tinha acontecido! Todos os móveis tinham sido arrastados, sofá numa parede, a cama em pé perto da porta, a louça toda no chão. Todos, sem entender nada, começam a arrumar aquela bagunça. Douglas chamou o restante dos funcionários para ajudar a arrumar a bagunça.

Já estava dando a hora do almoço, o Marcos avistou que um menino ia chegando, era um carteiro, ele estava apressado.

Veio entregar uma carta para Douglas, era muito urgente. Meio assustado, pegou a carta e começou a ler e nela falava que seu avô tinha falecido aquela madrugada e sua família queria saber se eles iriam poder ir para o velório! Se assuntando com aquela notícia!

— Que velho safado! Não é que ele realmente veio me assombrar!

— Como assim!? — disse Jaine.

— Nem sei como falar para você! É uma carta da minha família. — disse Douglas.

— Fala logo, o que aconteceu? — perguntou Jaine.

— O avô Adão morreu! Só podia ser ele ontem à noite!

Os empregados começaram a orar, aquela notícia deixou todos muitos assustados!

— Patrão, pode ir ao velório nós arrumamos aqui! — disseram os empregados.

— Tá bom! Toma cuidado com essa louça quebrada, não vão se machucar! — pediu Douglas.

Começaram a arrumar toda a bagunça, Jaine e seu marido foram se arrumar para ir ao velório do avô Adão.

Chegando à igreja, estalava lá toda a família e alguns amigos e vizinhos. Douglas foi até o caixão para dar uma olhada no seu avô, chegando, viu que seu avô estava com um semblante sério, parecia que não tinha morrido, mas que estava apenas meditando.

Douglas foi e se sentou perto da sua família, começou a comentar para eles o que tinha acontecido naquela madrugada.

— Está vendo, falei que aquilo não era coisa para brincar! Agora, o que vamos fazer para o avô descansar em paz? — perguntou irmã Neia.

— Não acredito nesse tipo de coisa! Não é possível isso acontecer! — disse Douglas.

— Como não!? Você mesmo está falando o que aconteceu! — afirmou tio Josiel.

— Meu Deus! — exclamou mãe Maria.

— O que aconteceu!? — perguntou prima Gabriela.

— Nada, só o avô que resolveu assombrar nosso tio! — brincou primo Gabriel.

Não tinha muito o que fazer, estavam presos com aquilo, por um ano inteiro. No caminho de volta para casa, Douglas avistou um homem de vestes brancas, parado encarando-o. Em um desviar de olhos, a figura masculina some, deixando Douglas pensativo. No dia seguinte, ele se levanta bem com o filho do Marcos, o Felipe, de 17 anos de idade, um menino que sempre o ajudava, bem cedo, os dois vão até o curral para ordenhar as vacas!

— O que está acontecendo ali!? — perguntou Felipe.

— Não sei! Não dá para ver! — respondeu Douglas.

De longe, eles avistaram uma luz passando sobre as vacas, deixando-as em desespero, eles se apressam para ver o que estava acontecendo. Chegando lá, eles não veem nada. Como se nada tivesse acontecido, meio pensativos e assustados, Douglas e o Felipe se sentam e tiram o leite delas.

Passando-se um mês, mais nada aconteceu, nenhum barulho, nem objetos se movendo sozinhos! Douglas tinha até se esquecido dos acontecimentos na sua casa, já era tarde, umas 19 horas, sua esposa está na cozinha conversando com a Rosa, uma senhora de 50 anos de idade que estava lavando louça, a porta do armário atrás delas começa a se mover bem lentamente, sem emitir nenhum som. A torneira na pia vira para direita e se abre sozinha, dona Rosa se assusta e fica um pouco apreensiva no que tinha acabado de presenciar! Se vira e coloca a louça limpa na mesa, nesse momento, um copo se move para perto de sua mão. Fazendo Jaine se assustar, levantando-se da cadeira, derrubando-o, e as duas dando um grito!

Agoniadas, elas saíram da cozinha o mais rápido que podiam. Chegando na sala, estava seu marido sentado no sofá, olhou para elas e percebeu que elas não estavam bem!

— O que aconteceu, amor? Está tudo bem? — perguntou Douglas.

— Está! Foi nada. Só foi a cadeira que caiu! — respondeu a esposa.

Ela estava tão assustada que não sabia como falar para seu marido o que tinha acontecido, preferiu deixar para lá.

— É só isso mesmo? Você está muito assustada! — novamente questionou Douglas.

— Sim, só! — disse Jaine.

1910 • UM CONTO DE FAMÍLIA

    Durante aquela noite, a porta do quarto se abre lentamente! Do meio do corredor, vem uma figura masculina de cabelo branco e roupa clara, se aproxima da cama bem devagar, vai para o lado de Douglas e fica imóvel, olhando-o dormir. Douglas começa a se agoniar no sono, acaba acordando e vê aquele homem de branco encarando-o sem poder se mover, a figura fantasmagórica começa a vomitar sangue no seu rosto. Com muito desespero, Douglas consegue dar um grito que acaba acordando sua esposa e os empregados, nesse momento, o fantasma desaparece, deixando nada para trás.

— O que foi, amor? — perguntou Jaine.
— Nada não! Só tive um pesadelo. Pode voltar a dormir! — respondeu Douglas.

Com receio de contar algo para sua mulher, ele não queria que ela se assustasse, preferiu não contar nada. Ambos voltaram a dormir, algumas horas mais tarde, Douglas se pega em pé, de frente para porta da sua casa, um barulho agudo soava no seu ouvido, na lateral da porta, havia uns vidros que permitiam a olhar para fora sem ter que abrir as portas.

No lado de fora, o céu estava bem claro, de cor branca e nuvens negras, parecia que estava de lua cheia, mas ainda estava escuro ao seu redor, longe do casarão, se movimentava uma figura humanoide muito magra, quase esquelética de pele cinza, ela vinha andando de quatro. Douglas não conseguia se mover e nem falar, sua voz tinha sumido, a criatura vinha andando bem lentamente para sua direção, devagar ela foi subindo na área, passando pela porta da sala, bem lentamente, foi sumindo da visão dele. Num piscar de olhos, ele se vê ao lado de sua esposa, ela assustada tentava o acordar!

— Amor! Acorda? — disse Jaine.

Com semblante muito assustado Douglas fala com sua esposa:

— Oi!? O que foi?

— Você estava gritando dormindo! — respondeu ela.

— Eu estava!? — questionou Douglas.

— Sim, estava! Está tudo bem?

— Sim está! Não é nada! Eu só tive um pesadelo. Pode voltar a dormir! — tranquilizou o marido.

Preocupado, voltou a dormir, orando para aqueles sonhos não voltarem a incomodar! Amanhecendo naquele dia, tudo normalizou, nada mais se movia sozinho, foi uma manhã muito tranquila, os pássaros cantavam no quintal, o gado pastava. Os filhos dos empregados brincavam com os cachorros no pasto!

— Oi, amor! Em aconteceu alguma coisa com você hoje? — perguntou Jaine.

— Não, amor! Tudo está tranquilo. — respondeu ele.

Douglas saiu com o seu capataz Marcos para olhar as rezes (vacas) no pasto. Como qualquer outro dia, pegaram os cavalos que o empregado Felipe tinha acabado de selar. Entrando no pasto, Douglas viu um bezerro entrando numa moita de mato, com medo do animal ficar preso ali, resolveu ir tocar ele de volta ao rebanho, assim que deu a volta no mato, sentiu um frio estranho, mesmo o sol estando quente, o frio o assombrava! Seus olhos se escureceram por um estante, ele ficou totalmente cego, assim que voltou sua visão, em sua frente estava um enorme cão negro de dois metros de altura e olhos vermelhos-sangue. O cavalo de Douglas se assustou, o derrubando, caído no chão, começou a bater um medo tão forte em Douglas que suas pernas travaram, sem deixar ele se mover!

O cão o encarava, friamente por alguns segundos, os dois se encaram até Douglas tentar se mover para sair dali. Nesse momento, o lobo começa a rosnar com muita fúria, com grandes dentes, mostrando sua verdadeira força. Tomando a atitude de não se mover, Douglas começa pedir calma para o animal:

— Calma! Calma! Bom cachorro! Tenha calma!

O cão só rosnava sem tirar o olhar de Douglas. Marcos vendo o cavalo do seu patrão correndo assustado, foi ver o que tinha acontecido. Corre para a direção onde estava ele, assim que ele viu Douglas, o cão negro virou uma fumaça e desapareceu! Sem deixar nenhum sinal, Douglas ficou em choque.

Em pânico, Douglas fica paralisado, rapidamente Marcos colocou na garupa do seu cavalo e o leva para casa, galopou o mais rápido possível. Chegando no pátio do casarão, desceu do cavalo, colocou Douglas em uma cadeira na varanda, foi para a cozinha e pegou um pouco de água para ele se acalmar.

Com muita calma, Douglas passa a mão na sua cabeça. Com muita angústia no coração, começa a pensar que não foi uma boa ideia ter feito a aposta com seu avô!

Marcos pergunta o que tinha acontecido, Douglas não soube como explicar o ocorrido. Com o olhar muito pensativo, começou a orar para Deus em seus pensamentos, pedia para Deus ajudá-lo. Falou muito assustado.

— Olha! Eu vi! Eu vi! — disse Douglas.

— Viu o que, patrão!? — perguntou Marcos.

Nesse momento, uma sombra na altura de uma criança passa correndo entre eles para dentro da casa. Douglas e Marcos se assustam, fazendo eles pular, sem entender o que era aquela sombra, os dois se levantam e entram em casa para ver melhor o que era. Assim que chegam, não conseguem mais ver a criança.

Na sala, sua esposa Jaine chega em casa, olha para seu marido e fica pensando como ela pode contar para ele a ótima notícia que ela tem.

— Oi, amor! Tenho uma coisa para te contar! — disse ela.

— Oi! O que você tem para me contar? — perguntou Douglas.

— Ah, se você não estiver bem, eu vou deixar quieto! — respondeu Jaine.

— Pode falar, amor! Está tudo bem! Eu e o Marcos estávamos só olhando o gado!

— Eu acredito que estou grávida!

— Sério!? Que boa notícia vida! — alegremente respondeu Douglas.

— Que notícia maravilhosa, patroa! Todo mundo vai ficar muito feliz! — completou Marcos.

— Está feliz, amor!? — perguntou Jaine.

— Sim! Lógico! — disse ele.

Com essa ótima notícia, Douglas vai conseguir dormir por alguns dias mais tranquilo!

Naquela madrugada, Douglas se levanta e ajoelha ao seu lado da cama, encosta seu rosto no colchão, em seus pensamentos, começa a ter uma conversa particular com Deus.

— Pai! Não sou muito de ir à igreja e nem de falar com o Senhor. Mas preciso de sua ajuda, Jesus, tem algumas coisas acontecendo aqui na minha casa, não sei o que é. Mas eu acho que seria meu avô! Me ajuda, tira isso da minha casa, minha esposa está esperando um bebê! Eu sei que não mereço sua ajuda, mas eu lhe peço! Amém!

CAPÍTULO IV

Meia-Noite

Passando alguns dias, Douglas decidiu ir à rua comprar um piano para sua esposa, ele iria dar de presente. Escolheu um piano muito lindo, era grande de cauda, todo branco, parecia uma nuvem de tão lindo que era. Veio acompanhando os entregadores, assim que chega no casarão, pede para deixarem o piano no canto da sala.

Douglas pede para Felipe chamar o resto dos funcionários. Ele queria fazer uma reunião na fazenda. Assim que todos chegaram na varanda, Douglas conversou com eles, falou que algumas coisas iriam mudar ali:

— Minha mulher está grávida e preciso que vocês me ajudem a cuidar de tudo, se vocês virem algo estranho, é para me avisar e não deixar nada suspeito incomodar a fazenda.

Todos ficaram muito felizes com aquela notícia, mas não entendiam o que o Douglas quis dizer com alguma coisa estranha, mesmo assim, foram fazer o novo trabalho. Nas primeiras 12 horas, foi muito tranquilo, tudo normal, nada se movia, nem mesmo um ruído sequer no casarão!

Às três horas da madrugada, em frente à área, em um canto escuro, uma sombra surgia, começou a flutuar, foi em direção ao casarão flutuando, parou perto da varanda, entrando na área, atravessou a porta do casarão e flutuou pela sala. Todos já estavam dormindo e não estavam vendo que havia uma figura se movendo pelo casarão. A sombra parou em frente à escada do segundo piso, que levava até o quarto do casal, ficou ali por uns 20 minutos e começou a subir bem devagar aqueles degraus até parar na porta do quarto do casal. Bateu bem forte três vezes na porta, acordando com grande susto o casal.

— O que foi isso!? — perguntou Jaine.
— Não sei! Vou ver! — respondeu Douglas.
— Meu Deus! Quem está aí? — disse a esposa.

Ninguém respondia, deu mais três batidas e parou. Douglas assustado se levanta para descobrir o que estava acontecendo, virou-se e pegou a sua Pistola Colt 1903-1908 Pocket Hammerless que estava guardada no criado-mudo do seu lado da cama. Com a pistola em mão, ele foi se aproximando da porta, estava assustado, não sabia quem estava ali! Perguntou, mas uma vez, se tinha alguém atrás daquela porta e nada o respondia, um grande som de batidas começou a soar na porta, deixando o casal mais assustado.

Numa grande velocidade, Douglas abre a porta e vê que não tinha nada lá!

— Quem que está aí, amor!? — questionou Jaine.
— Não tem ninguém! Vou descer para ver quem está na casa! — respondeu o marido.
— Você está doido!? Pode ser um dos empregados!
— Tenho que ir ver quem é!

Douglas saiu do quarto com muita calma, começou a andar pelo corredor, chegando no pé da escada, passando a mão na parede, estava à procura de um interruptor para acender a luz do corredor. Com um pouco de medo, começa a descer aqueles degraus, no meio da escada, para tentar ver se tem alguém na sala. Lentamente, se abaixa, olhando para o meio da sala, tudo estava escuro ainda, e ele não estava conseguindo ver nada.

Assim que chega no final das escadas, se encosta na parede para se aproximar de um interruptor de luz, não estava dando para ver nada naquela escuridão. Douglas estava fazendo de tudo para ter certeza de que as luzes estavam acessas.

Conseguindo acender a lâmpada, ele viu que não tinha ninguém ali, se aproximou da janela e chamou os empregados. Perguntou para os guardas que estavam acordados naquela noite se alguém tinha ido ao seu quarto. Todos responderam que ninguém entrou na casa.

Um pouco preocupado, Douglas resolveu voltar para seu quarto. Se passando o resto da noite tudo tranquilo, amanhecendo aquele dia, Jaine acorda mais tarde do que o normal, seu marido já tinha saído para tratar dos animais.

Meio sonolenta, ela vai se arrumar no banheiro, olha para o espelho que estava na parede do banheiro, com um sentimento triste, o encara por muito tempo. Dona Rosa subiu as escadas e foi até o quarto do casal, encontrando-a no banheiro e pergunta para Jaine se ela iria precisar de alguma coisa. Naquela manhã, os meninos iriam sair, iriam na cidade comprar mais mantimentos para o casarão. Ela falou que não queria nada de diferente, Jaine pergunta se todos iriam sair também.

— Todos não. Felipe e Marcos foram com o patrão fechar as rezes (novilhas), na mangueira. — responde Dona Rosa, afirmando que elas estavam sozinhas na casa.

A mesa de centro que estava na sala começa a se mover bem lentamente, derrubando um vaso de flores que estava nela.

Jaine, quando termina de se arrumar no banheiro, foi se vestir. Quando pronta, foi para o andar de baixo, começou a descer aquelas escadas, de repente, começa a escutar um som de risada de crianças. Ela se assustou, perguntando se tinha alguém no casarão:

— Tem alguém aí?

O piano começa a tocar sozinho. Conforme o som do piano aumentava, os risos aumentavam. Se assustando cada vez mais, Jaine se aproxima da sala, olha para o piano e nota que os teclados estavam se movendo sozinhos. Corre até o piano, se baixando em frente a ele, fecha o teclado para ele não tocar mais.

Com um olhar desconfiado, sem entender nada, prefere deixar o piano quieto e decide ir à cozinha, ela queria saber se tinha algo bom para poder tomar o seu café da manhã.

Chegando na cozinha, nota que a pia estava repleta de louças sujas, se aproxima do fogão à lenha e começa a olhar em algumas panelas que estavam ali, abriu todas as portas do armário, procurou em todos os lugares, mas não encontrou nada.

O piano que estava na sala volta a tocar, deixando-a muito mais assustada, dando um pulo e um grito muito alto e desesperador. Todos os copos de vidros que estavam na mesa da cozinha são arremessados rumo ao chão, Jaine fica muito assustada e sai correndo para sala, os copos batem no piso da cozinha, fazendo eles se despedaçarem. Ela chora!

Jaine sai correndo para fora do casarão assustada, sem olhar para trás, em desespero, resolve ir ao estábulo, tenta se esconder daquilo que estava acontecendo dentro do casarão.

Mais tarde naquela noite, Douglas e seus funcionários voltaram do trabalho no pasto.

— Dia difícil!? — pergunta Douglas.

— Sim, muito! Achei que nós não iríamos acabar a tempo! — respondeu Marcos.

— Felipe, faz um favor!? Leva os cavalos para o estábulo e desarreia eles!

— Sim, senhor!

O garoto Felipe vai até o estábulo para guardar os cavalos. Assim que entra encontra sua patroa, Jaine estava sentada no chão toda encolhida. Com um rosto de quem estava muito assustada.

— Oi, patroa! Está tudo bem? Quer alguma coisa?

— Oi! Ah... É você, Felipe!? Chama meu marido!

Felipe sai correndo do estábulo, gritando pelo Douglas:

— Senhor, Douglas!

De longe, Douglas avista o Felipe gritando e correndo em sua direção:

— O que foi, menino!? Pode falar!

— A patroa está lá no estábulo chorando! Ela pediu para chamar o senhor!

Sem entender nada, ele vai correndo até o estábulo, chegando e vendo sua esposa encolhida num canto chorando. Chega perto dela e se senta do seu lado, colocando a mão na sua costa!

— O que foi amor? — perguntou Douglas.

Em choro ela, responde:

— Ah... Eu não estou conseguindo aguentar essas coisas lá no casarão!

— Que coisas!? As assombrações?

— Isso, amor! Aquilo vai acabar matando-nos!

— O que você quer fazer, amor!?

— Ah! Vamos chamar meu tio Robson que é padre, ele pode nos ajudar!

— Está bem, amor! Tem certeza?

— Sim, amor! Vou ficar muito feliz com a visita dele! Eu acho que ele também vai gostar de vir aqui nos visitar!

— Está bem, vou escrever uma carta, pedindo para ele vim nos ver!

Ficaram conversando ali naquele estábulo por um bom tempo, Douglas foi até sua sala de leitura escrever uma carta para o seu tio Robson.

Carta para tio Robson:

Olá, tio Robson!

Espero que esteja tudo bem com o senhor! Gostaríamos que o senhor viesse à nossa casa nos fazer uma visita. Minha esposa, sua sobrinha Jaine, gostaria muito de poder revê-lo. Estamos com um problema espiritual no casarão e queríamos que o senhor nos ajudasse!

Assinado seu sobrinho Douglas.

Entregando a carta para o Felipe:

— Felipe, entregue essa carta lá no Correio!

Ele sai às pressas para a cidade entregar aos Correios.

Naquela tarde, sua esposa já cansada, foi para seu quarto dormir, já estava tarde da noite, Douglas acaba ficando na sala sentado na sua poltrona pensando, coloca sua mão no queixo com um olhar pensativo, pensando na sua esposa e no seu filho que estava a caminho. Muito preocupado e cansado, Douglas se deita no chão em cima do tapete da sala em frente ao sofá, sendo aquecido pela lareira, acaba adormecendo ali mesmo, de costas para o sofá. Um ser com corpo feminino só de roupas íntimas de pele cinza e unhas grandes saí do quarto de visitas que ficava em frente à sala, foi se aproximando dele, andando bem devagar, começa a alisar as costas do sofá. Parando em frente a Douglas, encarando-o, deita-se do seu lado, passa a mão dela em volta dele, o abraçando. Deixando-o muito agoniado em seu sono, fazendo Douglas ter pesadelos, a criatura começa a rosnar e alisava seu peito com aquelas grandes unhas. Douglas muito agoniado acorda e nota que tem uma mão o abraçando, tentando olhar para ver se era sua esposa, a criatura enfia suas unhas nas suas costelas, deixando-o muito assustado. Ao mesmo tempo, lá no quarto do casal, um grupo de sombras humanoides rodeia sua esposa. Uma mão que sai do travesseiro foi se aproximando até sua boca, bem devagar, passa os dedos nos seus lábios.

Deixando Jaine desinquieta, meio sonolenta, ela desperta e percebe que tem uma mão em seu rosto, tenta removê-la, começa achar que é sua própria mão, a solta e volta a dormir. A mão volta para seu rosto e começa a mexer em sua boca, dessa vez, colocando os dedos dentro de sua boca, fazendo-a acordar assustada, percebe que não era a sua mão!

Com medo, ela a segura e a puxa bem lentamente, até sentir um ombro bater em seu rosto, seu corpo trava, um som de batida de máquina ecoa no quarto. Jaine só consegue mover seus olhos, em desespero, ela clama o nome de Jesus Cristo em seus pensamentos, fazendo todas aquelas criaturas desaparecerem ao seu redor. Percebendo que as sombras sumiram, Jaine solta um grito com toda sua força!

Escutando o grito, a criatura feminina que estava deitada com o Douglas vira fumaça e desaparece, fazendo ele acreditar que era apenas um sonho, levantando o mais rápido que ele podia, começando a correr para o seu quarto, chegando nos pés da escada. Com os pensamentos confusos, Douglas sobe tropeçando com suas pernas nos degraus.

Chegando no corredor do segundo piso, corre até a porta do quarto e nota que estava trancada, sua esposa em gritos deixa ele muito mais assustado, com grande força, chuta a porta, quebrando-a, encontrando sua esposa aos berros em cima da cama!

— O que ouve amor!? Está tudo bem? — pergunta ele.

— Tinha uma mão aqui! — responde ela.

— Mão!? Que mão!? Não estou entendendo!

— Tinha uma mão aqui na cama! Ela estava mexendo comigo. Colocou os dedos dentro da minha boca!

— Calma, amor! Eu já estou aqui!

Ele chegou mais perto da cama e se sentou ao seu lado. Jaine começou a chorar e abraçou seu marido muito forte, deixando-o muito confuso e sem entender o que estava acontecendo. Não estava parecendo uma brincadeira do seu avô. Ficaram abraçados ali até tarde, sem tocar nenhuma palavra sequer, acabam adormecendo juntos.

Amanhecendo, o casal foi para o banheiro se arrumar para mais um dia, já tinham esquecido de tudo da noite passada. Douglas sente uma dor em suas costelas, resolve olhar e percebe que tinha uma mancha roxa de cinco dedos em sua pele sobre as suas costelas do lado direito, deixando-o muito preocupado. Sua esposa a nota, olhando para aquela mancha, e prefere não perguntar nada para ele. Ela sabia que algo muito ruim estava acontecendo, mas não queria confrontar seu marido.

Descendo para tomar o café da manhã, Douglas vai para copa (sala de jantar), se senta na cabeceira e Jaine se senta do seu lado direito. Dona Rosa se aproxima trazendo uma bandeja com cinco pães franceses e alguns pedaços de doce de goiabada. Colocando a bandeja em cima da mesa, começa a servir café quente para o seu patrão Douglas.

Marcos aparece na copa para chamar Douglas para ir ao fundo da fazenda para recuperar algumas rezes (vacas) que tinham se perdido:

— Patrão, algumas vacas não vieram comer sal hoje!
— Como assim!? Onde estão elas?
— Achamos que a cerca quebrou e elas saíram para o mato!
— Está bem! Vamos lá ver isso melhor!

Já iria dar umas oito horas, dona Rosa voltou para a cozinha para começar a fazer o almoço, Jaine começou a arrumar os pratos, que ela tinha acabado de tirar da cristaleira (armário de louças). A copa está bem escura, as cortinas não tinham sido abertas ainda.

De repente, começa a piscar as luzes sem parar, Jaine pensando que é algum problema na eletricidade vai com muita calma na janela para abrir as cortinas. Ela vê um líquido escorrendo das paredes, começa a pensar que seria água.

— Nossa! Está vazando água nas paredes de casa! Vou pedir para Douglas olhar isso depois! — diz Jaine.

Vai escorrendo tanto líquido que se forma algumas poças no chão, ela nota que não é água, mas sangue. Se assustando, resolve tocar no líquido para saber melhor o que era. Se abaixa e coloca o dedo em uma poça que o líquido tinha formado no chão e diz:

— Isso aqui não é água! É sangue! E está quente!

Atrás dela, uma figura feminina sai da poça de sangue, um ser de pele cinza, nua, com o corpo coberto de sangue que estava no chão.

Com rosto muito assustado, ela se levanta e olha para traz e vê uma mulher de cabelo negro comprido e coberto de sangue. A criatura se aproxima em sua direção e a empurra até bater as costas na parede, pegando no pescoço de Jaine, começa a enforcá-la. Sufocando-a, Jaine tenta se soltar, em alguns segundos, a mulher desaparece deixando-a só. Caindo de joelho no chão, ela toda assustada começa a gritar.

Dona Rosa escuta os gritos de Jaine e corre até a copa para ver o que estava acontecendo e encontra Jaine no canto muito assustada.

Douglas com seu funcionário Marcos encontrou as vacas perdidas, vendo que estava tudo bem com elas, resolveu voltar com elas para a mangueira da fazenda.

Algumas horas mais tarde, Douglas volta para o casarão. Entrando no casarão, ele vê sua esposa e dona Rosa sentadas no sofá da sala, as duas muito tristes, sua esposa estava chorando. Então, ele pergunta:

— O que aconteceu!?

— Encontrei ela assim. Ela viu alguma coisa lá na copa! — respondeu dona Rosa.

— Viu o quê? — perguntou Douglas novamente.

— Não sei! Eu não vi nada!

— Está bem, vou lá ver!

— Tem sangue escorrendo nas paredes! Ela tentou me matar! Tem sangue na parede. — disse Jaine com voz trêmula.

Douglas vai até a copa, assim que chega lá, vê que não tem nada! Tudo normal, a sala estava toda vazia, paredes limpas.

— Não tem nada aqui! Olha, as paredes estão normais!

— Como assim!? As paredes estão cheias de sangue! — respondeu a esposa.

— Estão não, amor! Estão normais, vem aqui ver!

As duas foram até lá! E viram com seus próprios olhos que estava tudo normalmente como nada tivesse acontecido!

— Como assim!? Agora há pouco tinha sangue ali!

— Eu que não estou entendendo! Está tudo bem com você mesmo, amor!?

— Sim, está! — respondeu ela.

Com uma cara séria e pensativa, Douglas entendeu tudo o que estava acontecendo, preferiu deixar quieto.

Jaine ficou com aquele assunto nos pensamentos, começou a orar em silêncio, pedia para Deus lhe trazer uma salvação.

Uma semana se passa, outubro de 1909, já era hora do almoço, chega na fazendo o tio padre de Jaine, o Robson, ele vem de carroça da cidade.

Parando em frente ao casarão, o padre Robson desce da carroça. Sem perceber, acaba pisando em um monte de esterco de cavalo que estava no meio do quintal, fazendo uma cara de deboche, em seus pensamentos falava:

— Que merda de vida do campo! Por que minha sobrinha tinha que casar-se com homem do mato!? Ridícula, ele tem uma família rica! Tomara que eu não tenha vindo a esse lugar à toa!

Douglas vai até o quintal para o recebê-lo, o cumprimentando:

— Como o senhor está!? A viagem foi boa?

— Foi bem devagar! — responde o padre.

— É muito bom andar de carroça, dá para ver todos os campos! — disse Douglas animado.

— Vocês deviam ter ido me buscar de carro!

— Me desculpa, acabei ficando ocupado com os trabalhos da fazenda. Acabei esquecendo de ir buscar o senhor!

Tio Robson entra no casarão, Jaine ficou toda feliz em rever seu tio. Já foi chamando para eles irem tomar um café, queria muito saber como estava o resto da família e como tinha sido a viagem!

— Oh, tio, tudo bem!? Vamos ali na copa tomar um café!? Quero muito saber como foi sua viagem! — disse ela.

— Minha menina, foi ótima até! Tive alguns problemas, mas já está resolvido!

Entrando na copa, todos se sentam à grande mesa e começam a conversar sobre a família. O tempo foi passando Douglas

47

lembrou que tinha que ir comprar mais feno e uma cela nova para os cavalos na cidade:

— Padre, vou ter que dar uma passada na cidade para comprar algumas coisas para os cavalos. Quando eu voltar, nós conversamos melhor.

Deixando-os ali conversando, os dois estavam tão concentrados naquela conversa que eles não perceberam que uma sombra se aproximava.

Padre Robson sente que tem alguém que estava observando. Com um arrepio, ele olha para direção da escada e vê que tem uma criança sentada no primeiro degrau.

— Então, vocês já têm uma criança!?
— Eu já estou grávida, tio! Espero que seja um menino! — respondeu Jaine.

E Padre Douglas:

— Ué! E aquela criança ali?

— Que criança!? — Jaine olha desconfiada para as escadas.

Os dois se assustam e o encararam por alguns segundos, deixando a criança irritada. Ela se levanta e sai correndo para a porta da frente do casarão!

Padre fica muito assustado, levanta-se rapidamente e corre atrás para poder ver melhor. Mas não consegue ver aquela criança em lugar nenhum, dona Rosa vem entrando na casa naquele instante.

— Nós vimos uma criança aqui em casa! — falou Jaine.

— Oi!? Criança? Entrou alguma aqui? — perguntou dona Rosa.

— Tinha uma criança! Ela saiu para o quintal!

— É verdade! Nós vimos uma criança ali na estrada. — completou o padre.

— Nuca vi aquele menino aqui no casarão!

— Eu não vi foi nada, minha filha! — disse dona Rosa.

— Muito estranho! Tem certeza de que a senhora não viu nada!? — questionou padre Robson.

— Sim, tenho! Fico nessa casa o dia inteiro, eu teria visto alguma coisa, se tivesse.

— Está bem! Assim, eu já vou orar por vocês, vou orar primeiro pelo casarão, aí preciso que vocês dois estejam aqui junto! Não sinto algo bom aqui!

Todos ficaram muito confusos com aquele acontecimento. Jaine pede para Dana Rosa mostrar o casarão para seu tio, ela iria se arrumar e esperar o seu marido para eles receberem a oração do seu tio padre.

Padre Robson e dona Rosa começaram a andar pelo casarão, vendo todos os cantos. O padre já vinha com um terço na mão e a Bíblia na outra mão, para poder consagrar o casarão.

Já no fim de andar pelo casarão, um vento muito frio passa pelos dois, deixando ambos muito assustados.

Uma voz áspera fala no ouvido de Robson:

— Você traiu Deus! Saiu dos caminhos dele!

Robson fica muito assustado, acelera os passos para chegar mais rápido na sala de estar do casarão. Cruzando para dentro da sala, o espírito com aparência de uma criança pula nos ombros do padre, deixando muito desesperado. Em pânico, começa a correr loucamente por toda a sala, o menino começa puxar os seus cabelos e dando pequenos soquinhos em sua cabeça. Só para o atormentar.

Dona Rosa tenta acudir o padre, ela não está conseguindo ver a criança nas costas de Robson:

— O que foi, padre!? O que está acontecendo?

— Um menino está nas minhas costas! Me ajuda!

— Não tem nada não, senhor!

Em pânico, se jogou no chão, assustando alguns funcionários do casarão que estava passando por ali.

A criança se transforma em um pequeno demônio, de pele vermelho-sangue, uma cauda comprida, com uma ponta muito fina, com chifres de cada lado da testa, que diz:

— Eu vou! Eu vou! Te levar para o Inferno, padre! — caindo na risada!

O padre muito assustado começa a rezar, o demônio fica com uma fúria e começa a enforcá-lo.

Todos tentam entender o que estava se passando com o padre, foram ajudá-lo.

O demônio resolveu soltá-lo. O demônio se levanta e sai correndo dali até as escadas do casarão, deixando o padre em pânico no chão.

— O que está acontecendo, padre? — perguntou dona Rosa.

Ele muito assustado olha ao seu redor, tentando entender o que estava acontecendo, muito ofegante. Com muito medo, chama pela sua sobrinha.

Nesse momento, vem chegando na fazenda Douglas em seu carro Rolls Royce 1907. O padre tenta falar para todos o que tinha acontecido, mas não conseguia parar de tremer e gaguejar.

Assim que Douglas viu o seu tio padre, avista atrás dele uma enorme sombra escura com olhos brancos, aparece e se aproxima lentamente até ele, ficando cara a cara para o Robson.

Deixado horrorizado de medo, Robson não conseguia se mover.

— O que foi, padre!? O senhor está bem? — pergunta Douglas.

— Tio!?

A entidade vira fumaça e sobe para o teto da casa e vai flutuando até as janelas, sumindo lentamente.

— Não sei o que aconteceu com ele! De repente, ele começou a se bater e pulou no chão. Ficou assim agora! — responde dona Rosa.

Voltando ao padre Robson, ele começa a andar em direção à porta:

— Vou embora agora! Sua casa está cheia de demônios! Me leva para a cidade agora!

— Como assim, tio!? — perguntou Jaine.

— Seu marido é do demônio! Vocês não têm salvação!

— Olha, não estou gostando do jeito que o senhor está falando! Nos respeite! — disse Douglas.

— Nem isso ajuda vocês! Vocês estão condenados! — completou o padre.

— Está bem! Vou pegar o carro.

— Como assim, tio! Por que o senhor está falando assim?

Douglas saiu para pegar seu carro com muita raiva, saindo na varanda, o Marcos estava trançando uma corda no palanque em frente à varanda.

— Marcos, faz um favor!? — pediu Douglas.

— Opa! Faço!

— Vai lá e busca o carro e leva o padre para cidade!

— Está bem. Levo sim!

Douglas volta para dentro do casarão, lá sua esposa estava chorando, Robson passou por ele rápido rumo à porta. Com muita pressa, foi logo subindo no carro desesperado.

Marcos sem entender nada toca o automóvel para a cidade.

Jaine entristecida não conseguia entender o que tinha acontecido com seu tio, pega uma cadeira de madeira que estava ao seu lado para se sentar.

Todos ficaram abismados sem entender o que tinha acontecido, seu marido ficou muito triste com o tio Robson sair sem falar nada. Se aproxima de Jaine e pensa que o melhor para ela seria sair, ir viajar um pouco. Sair daquele peso que estava o casarão.

— Por que você não sai um pouco, vai na casa da sua mãe!? Tenta se distrair, eu acredito que você está com muita coisa na cabeça. — disse Douglas.

Jaine concorda com seu marido e vai passar alguns dias com sua mãe, Rafaela, uma senhora alta de óculos, cabelos cacheados e compridos, que morava em Barroso, numa casa no bairro nobre da cidade.

No dia seguinte, bem cedo, já foi se arrumando para sair. Assim que estava pronta, foi saindo do quarto, desceu as escadas e chamou sua dama de companhia para elas passarem alguns dias na casa de sua mãe.

Saindo da casa, seu marido Douglas já estava com o carro esperando para levar elas até a cidade. Assim que Douglas deixou a cidade, ele voltou para a fazenda, tinha muito trabalho para fazer, não podia perder muito tempo.

Elas foram até o ancoradouro pegar um dirigível para poder ir ao Rio de Janeiro.

Foram pegar um Zepelim, um balão dirigível gigante que transportava as pessoas pelo mundo como um avião. Tinha o tamanho de dois campos de futebol, 245m de comprimento, mais de 40m de altura.

1910 • UM CONTO DE FAMÍLIA

No Recife-PE, decretou feriado municipal no dia que chegou o primeiro no Brasil, no Rio de Janeiro, foi construído um andar gigantesco, um dos maiores do mundo

Dava uma grande sensação ao ver ele passando em qualquer lugar, não importando onde era.

General Conde Ferdinand von Zeppelin foi o homem que trouxe esse projeto aos olhos do público, deixando o mundo admirado.

Era magnífico por dentro, com um grande refeito, várias mesas bem arrumadas, repletas de lousas de porcelanas, tudo muito chique. A cozinha nem se fala, muito refinada, servindo vários tipos de platôs, vários quartos, banheiros, uma grande sala de estar, era como fosse um grande navio de cruzeiro.

As viagens levavam dias e muitas horas, mas a vista de lá de cima era maravilhosa.

Em 1852, foi a data da sua liberação ao público. São aeronaves mais leves que o ar, aguentavam mais de 100 horas no ar, sem precisar pousar.

Quando estava no pátio do ancoradouro esperando-as, Jaine estava muito feliz, já fazia muito tempo que não via sua mãe.

A viagem foi uma maravilha, chegando em Santa Cruz, na Zona Oeste, sua mãe já a esperava. Ela veio logo abraçando-a.

— Oi! Minha filha! Como você está!? Eu estava com tanta saudade!

— Oi, mãe! Eu também estava com saudades! Tenho tanta coisa para te contar!

— Conta, filha!

— Nem sei por onde começar, mãe! Eu queria saber se podemos posar aqui na casa da senhora por alguns dias? Ah, é! Essa aqui é minha dama companhia, se chama Pamela!

— Boa tarde, dona Rafaela! — disse a dama de companhia Pamela.

— Olá, Pamela! Claro que vocês podem! Acha mesmo que vou negar isso!? Vamos para minha casa, o meu motorista está aí fora nos esperando!

— Está bem, vamos!

O motorista Wilson já estava do lado de fora do carro esperando-as. Abriu a porta para elas entrarem, deu uma olhada na Pamela, ele tinha se encantado com sua beleza, deixando-a toda sem graça.

Guardando as malas no carro, foram para a casa da Rafaela, a mãe da Jaine.

— Deixa-me te falar. A senhora não faz ideia do que está acontecendo em minha casa! Se lembra que no ano passado meu marido e seu avô fizeram uma besteira de pacto de morte!

— Como assim!? — perguntou a mãe.

— Ah! Foi assim, Douglas e seu avô combinaram que aquele que morresse primeiro era para voltar e assombrar o outro por um tempo! Nosso avô morreu e aquela aposta está acontecendo!

— Não vai me falar que ele realmente voltou!?

— É! Estão muito estranhas as coisas lá em casa! Parece que ele está querendo nos matar! Não sei o que vou fazer....

— Meu Deus, minha filha! Isso é mentira, né!? Você está brincando com sua mãe!?

— Não estou! E tem mais! Estou grávida!

— Nossa! Estou muito feliz! Ein, esses seus irmãos me falaram que um rapaz muito famoso vai dar uma palestra daqui alguns dias no Rio de Janeiro!

— Que tipo de palestra, mãe!?

— É um assunto de fantasmas. Eu acho que isso pode te ajudar! Só não lembro bem o nome do palestrante, mas ele sai ajudando as pessoas com esse tipo de coisa!

— Você tem certeza sobre isso!? Eu acho que tudo é mentira!

— Para! Sempre tem algo que é verdade!

— Tá, uma hora vou ver melhor sobre isso!

Chegando na casa da dona Rafaela, um casarão bem grande no centro da cidade, com várias janelas bem grandes, parecia muito um castelo inglês. Enquanto elas repousavam na casa da mãe da Jaine, o seu marido passava por alguns problemas na sua casa!

Douglas foi ajudar os seus funcionários a tratar dos animais, descendo para o curral era onde ficava a maioria dos animais da fazenda, pegando um saco de milho e levando até o galinheiro, coloca um pouco de milho no coxo que fica no chão dentro do galinheiro, logo depois, foi para o chiqueiro tratar dos porcos também, as crianças ficaram todas animadas para ajudar o Douglas a tratar dos animais. Ele deixou o Felipe, seu ajudante, tratando dos porcos e voltou para o casarão, nesse momento, uma força invisível puxa sua camisa com muita força, jogando-o no chão. Sem entender o que estava acontecendo, Douglas se levanta rapidamente, pensando que eram as crianças pegando uma peça, quando ele olha, não tinha ninguém ali. Perto do casarão, Douglas avistou um enorme cão negro, que o observa. De repente, aquela força invisível o agarra e o joga no chão novamente, puxando pelos seus pés por uma certa distância, deixando Douglas muito assustado, tentou se soltar, mas não conseguiu. As crianças se assustam com o que estava acontecendo com o senhor Douglas e começam a gritar, fazendo todos os funcionários correrem para lá. A força invisível o levanta e o joga para dentro do galinheiro com muita brutalidade, fazendo-o desmaiar, ao mesmo tempo, desaparece o cão que o observava Douglas.

Todos chegaram e viram o senhor Douglas desmaiado dentro do galinheiro, as crianças não sabiam como explicar o que tinha acontecido!

— O que é isso!? Senhor Douglas!!! — perguntou o funcionário Wilson.

— Ele está bem!? — as crianças falaram.

— O que vamos fazer!? Me ajuda, Marcos! — disse dona Rosa.

Carregam ele para dentro do casarão, levam para a sala e o colocam deitado no sofá.

— Preciso de álcool! Pega um pouco para eu passar nele! Assim, ele vai acordar! — falou dona Rosa.

— Está bem! — disse Felipe.

Pensando rápido, dona Rosa consegue reanimá-lo, passando álcool na sua pele. Assim que Douglas acorda, todos perguntam o que tinha acontecido. Todos estavam muito assustados, sem saber como explicar o que tinha acontecido.

Douglas fala que estava bem e só precisava dormir em seu quarto. Todos confusos com aquilo, preferem deixar Douglas ir deitar-se. Com o seu rosto pensativo, deita tentando entender o que tinha acontecido.

No meio daquela noite, já era umas três horas da madrugada, Douglas se levanta e vê que está em um corredor escuro com algumas luzes vermelhas no teto. Sem entender nada, começa a caminhar naquela escuridão, quanto mais caminhava naquele corredor, se escutava um som de choro de criança, cada vez que Douglas andava, o choro ficava mais alto, até o choro soar bem perto de seus ouvidos. Com um grande medo, tenta se manter em pé, no final daquela escuridão, havia uma porta de marfim com algumas rachaduras, com aparência ser bem velha. Uma enorme curiosidade bate em Douglas e, com muita calma, ele se aproxima e a abre com muito cuidado. Dentro da porta, tinha um quarto bem espaçoso com um berço branco rodeado de brinquedos.

Se aproximando do berço, o coração de Douglas acelera, naquele momento, vem uma sensação do seu filho que ainda não nasceu, um grande medo, olhando melhor para o berço, ele vê que estava vazio.

Nesse momento, Douglas percebe que não estava dormindo, muito assustado, começa a correr para fora daquele corredor, estava tão escuro que não dava para ver a saída. Como se fosse um sonho, ele acorda e se vê deitado no chão do seu quarto, vem na sua cabeça que algo muito ruim estava para acontecer com sua família. Sai para fora da sua casa e passa pelos funcionários que estavam na varanda conversando, eles o perguntam:

— O que foi, patrão!? Aconteceu alguma coisa?

— Opa, boa noite! Não é nada, só vim aqui olhar a noite!

Estava muito sem jeito, não queria falar para eles que tinha acabado de ter um pesadelo.

Jaine, sua mãe e sua dama companhia decidem passear um pouco antes do dia da palestra. Foram para o calçadão de Copacabana, era um lugar muito largo, arejado, estendendo-se de mar a mar, da Praça Mauá à Avenida Beira-Mar, a Avenida Central era o grande símbolo das reformas urbanas. Aquela calçada foi construída com as pedras chamadas pedras portuguesas.

No centro da avenida, havia um canteiro com postes de iluminação incríveis e grandes árvores. No final da Avenida, foi colocado um obelisco que está lá até hoje.

Após a inauguração, em 1905, outros imponentes prédios foram surgindo — como a Escola Nacional de Belas Artes (hoje, Museu Nacional de Belas Artes), em 1908, o Teatro Municipal, em 1909, e a Biblioteca Nacional, em 1910.

Era uma maravilha, como estava divertida aquela viagem! Desceram até a praia e se sentaram na areia. Elas queriam dar uma volta perto do mar, entraram na água só para sentir aquela maravilhosa água salgada do mar. Estava muito divertido.

Voltando para casa da dona Rafaela, já era muito tarde, elas estavam muito cansadas, a mãe da Jaine levou ela até seu quarto antigo.

Deixou a dama companhia no quarto de visitas.

Naquela madrugada, Jaine começa a ter alguns pesadelos, não conseguia dormir direito. Acorda de madrugada, ela viu que tinha um ser estranho agachado em seu peito.

Uma figura do tamanho de um homem normal, todo preto, mãos e pés grandes, olhos fundos, parecia que tinha dois buracos fundo no lugar dos olhos.

A criatura só observava, sem fazer nenhum som, sem conseguir respirar. Muito assustada, Jaine tenta gritar, o peso da criatura era tão grande que não deixa sua voz sair.

Em pânico, a única coisa que conseguia fazer era observar tudo aquilo que acontecia. O ser começou a alisar seu rosto de uma forma sexual, deixando-a muito assustada.

— Você me vê!? Você me vê!? Você me vê!? Você me vê!? Você me vê!? Você me vê!? Você me vê!? Você me vê!? Você me vê!? Você me vê!? Você me vê!? Você me vê!? — pergunta insistentemente a criatura.

Sem poder falar, ela grita o nome de Jesus, fazendo a criatura desaparecer.

Uma enorme canseira tomou conta de Jaine, fazendo-a dormir e esquecer de tudo aquilo.

Amanhecendo, logo bem cedo, elas foram dar uma caminhada, queria ir até o Pão de Açúcar. Imponente e grandioso, o Pão de Açúcar vem atraindo muitos viajantes que vinham ao Rio de Janeiro. Era uma coisa maravilhosa as águas que vinham na baía de Guanabara! O primeiro europeu que escreveu suas maravilhas foi o padre José Anchieta, em meados do século 15.

"Ao entrar na barra, tem uma pedra Mui larga ao modo de um pão de açúcar e assim se chama, de mais de 100 braças em alto que é cousa admirável."

A origem do nome Pão de Açúcar é muito antiga. Foi na época dos descobrimentos, quando os navegadores portugueses percorriam o litoral do Brasil em busca de portos seguros.

Naquela época, a cartografia ainda era precária, para facilitar as navegações, os marinheiros registravam suas descobertas em desenhos. Desenhavam os contornos das costas como era visto dos navios e davam nome que se assemelhava ao seu aspecto físico.

Naquela época, existia uma forma de madeira com uma cinta de ferro de tamanho médio, com uma forma meio que de funil, que se colocava o melado do açúcar mascavo. Petrificava ali dentro, era desinformado, acabava adquirindo a aparência de um funil que se chamava pão de açúcar. E a pedra se assemelhava muito a esse torrão de açúcar, o nome acabou pegando.

Chegando no Pão de Açúcar, tinha que pegar o bondinho para chegar no topo do morro, uma vista maravilhosa, lá em cima, dava para ver o grande mar.

Uma visão inesquecível, aquele Pão de Açúcar.

CAPÍTULO V

Palestra

Chegando no dia da palestra, Jaine, sua dama de companhia e sua mãe Rafaela se arrumaram para ir.

— Vamos, mãe! Vamos acabar perdendo a palestra!

— Tudo bem, Jaine! Já estou terminando! — disse a mãe.

— Eu só não sei muito bem onde vai ser. — completou Jaine.

— Temos que arrumar uma carona. — completou a dama de companhia Pamela.

— Tudo bem! Vamos de táxi!?

— Está bem, mãe!

Rafaela ligou para o um taxista, o rapaz falou que estava a caminho.

— O taxista já chegou! Vamos!? — disse a dama de companhia Pamela.

As três entram no carro.

— Olá, senhoritas! Aonde vamos!? — perguntou o taxista.

— Olá. Vamos ao Teatro Municipal! — respondeu a dama de companhia Pamela.

Meio agoniadas e muito ansiosas no que elas iriam ouvir na palestra. O taxista percebeu que elas estavam apressadas e adiantou o carro o mais rápido até o teatro.

Chegaram um pouco atrasadas no Teatro Municipal do Rio de Janeiro. Era um grande prédio, estava muito lotado, havia muitas pessoas ali.

Tudo era tão lindo, as paredes com enormes torres, grandes poltronas, até as grandes cortinas do palco eram magníficas.

Elas conseguiram entrar, estavam com um pouco de vergonha, elas se sentaram bem perto do palco. Todos estavam curiosos, as pessoas amavam o tema de fantasmas.

Ali, estava eu com meu Frock Coats preto e um belo chapéu Pork Pie. Como estava lotado aquele teatro!

O Teatro Municipal de São Paulo, inaugurado em 1911, projetado e construído por Ramos de Azevedo, foi inspirado no L Ópera de Paris, o que por si só conferia a ele o status de elegância e bom gosto. Sua construção veio responder aos anseios de uma elite que via a cena lírica como consolidadora de um imaginário estético de refinado gosto, propiciadora de status e, mais do que tudo, talvez, pretexto para uma vida social que se pretendia elegante e mesmo luxuosa. Ir à ópera, ouvir música de reconhecimento internacional, ver e ser visto no espaço de sua representação tornaram-se momentos legitimadores de identidade social. Mas nem tudo transcorreu de forma tranquila e sem conflito, e os administradores do teatro tiveram que enfrentar apimentados debates, pois havia aqueles que acreditavam que uma casa de espetáculos das proporções do Municipal, gerido pelo poder público, não deveria servir unicamente a uma parcela da sociedade.

Aquele prédio parecia um grande palácio, eu estava com vergonha, não era acostumado a falar em público. Tudo estava estranho, eu era mais acostumado em caçar criaturas do que falar em público, aquele lugar cheirava pano velho, havia muitas luzes, parecia o céu estrelado. Todos me encaravam, minha mão tremia, falei em meus pensamentos para Deus me ajudar.

Respirei bem fundo e já fui falando:

— Olá a todos! Um bom dia! Me chamo Josenias! Eu acredito que poucos de vocês me conhecem! Sou cristão, teólogo, arqueólogo, caçador de monstros e professor, nas horas vagas!

Todos no teatro começaram a rir!

— Já fui para muitos lugares neste mundo e, se Deus permitir, pretendo ir em muitos outros!

— O senhor é professor mesmo!? — perguntaram as pessoas da plateia.

— Está bem! Não sou professor. Mas vocês gostaram, né! Vou contar para vocês como funciona o mundo espiritual! No dia que cada um de vocês nasce, vêm dois seres para te acompanhar, um bom e outro mau. As religiões falam que são anjos e demônios. Esses seres ficam com vocês até no dia da sua morte, eles veem toda a sua vida, as coisas que vocês falam, fazem e até aquilo que quiseram fazer. Eles são capazes de se passar por vocês. Eles são tão poderosos que podem imitar sua voz e até falar um segredo seu, que só você sabia!

Jaine começou a pensar que aquilo que se passa com o seu marido não seja a assombração do seu avô! Mais outra coisa. Ela acabou lembrando que naquela noite teve um sonho muito estranho, uma criatura muito estranha estava em cima do seu peito, resolve comentar com sua mãe sobre aquele sonho.

— A maiorias dessas entidades não pode ver o mundo físico. Apenas algumas classes de entidade são capazes, as outras veem apenas sua forma energética. Não conseguem ver cor dos olhos, cabelos etc. Apenas uma forma humanoide de energia, plasticamente, elas vivem numa escuridão absoluta.

Uma pessoa da plateia fez uma pergunta muito interessante:

— Como essas coisas podem nos ver, se elas vivem numa escuridão!?

— Cada ser vivo no mundo emite uma energia, cada um vai ter sua cor, os humanos, são azuis, os animais brancos, as plantas são verdes. Elas brilham no mundo dos demônios, nem todos podem ver as pessoas. Tem as raças que podem e aquelas que não podem, cada uma tem sua capacidade. Uma certa raça tem a capacidade de ver os humanos normalmente, as outras só podem ver a forma energética dos vivos. É assim que eles podem enxergar no mundo físico! Através da energia, ou seja, a alma!

No final da palestra, Jaine fica com muita vontade de conversar com o Josenias, para não deixar ele ir embora, ela e sua dama de companhia cercam o palestrante na porta de saída.

— Olá, senhor! Me chamo Jaine! Essa aqui é minha mãe, Rafaela! Vimos sua palestra, foi muito interessante. Eu só queria entender uma coisa!

— Olá, senhoritas, tudo bem!? O que você não entendeu? — disse a elas.

— Olá! Tudo bem? — disse mãe Rafaela.

— É possível que aquelas entidades interajam no nosso mundo e com as pessoas? — finalmente perguntou Jaine.

— Ah! Aí, depende muito! Mas, sim, são capazes de fazer muitas coisas! Mas do que estamos falando aqui? — ponderei.

— Oi! Então, o que minha patroa está querendo falar é que uma dessas coisas tomou conta da sua casa! — respondeu Pamela.

— É verdade! Falando desse jeito! — completou a patroa.

— Vocês estão brincando comigo!? — questionei.

— Não, moço! É verdade. Nós não moramos aqui. Eu e minha patroa e sua mãe viemos aqui para tentar achar uma solução para a família delas!

— Achamos que o senhor poderia nos ajudar! — disse a mãe.

— De onde vocês são? — perguntei.

— De Alfredo Vasconcelos!

— Hum... um pouco longe, né! O que posso fazer por vocês?

— Minha família está sofrendo com uma presença sobrenatural!

— Olha eu só dou palestra. Vocês estão brincando comigo!? Não gosto desse tipo de coisa!

— Estamos falando sério! É verdade, tem alguma coisa na casa da minha filha!

Elas falaram com muita seriedade, me deixando muito curioso! Eu senti naquela hora que tinha que ir ajudar aquela família, ouvi uma voz dentro de mim dizendo que eu tinha que ir ajudar essa família!

— Olha, não era meu projeto sair daqui, mas estou curioso sobre esse assunto de vocês! Eu posso ir lá dar uma olhada!

— Sério? Seria uma grande ajuda!

— Nem sabemos como agradecer! — completou Pamela.

Fiquei muito pensativo no que elas estavam me falando, mas resolvi acompanhá-las mesmo assim. Nem passei no hotel para pegar minhas coisas, a dona Rafaela queria que eu fosse naquela mesma hora, ela chamou um táxi que nos levou ao aeroporto.

Chegando lá, ela embarcou no primeiro avião de volta para casa da Jaine. Eu ainda não estava entendendo o que estava se passando com aquela família.

Dentro do avião, meu pensamento não se aquietava. Em meus pensamentos, comecei a orar:

— Pai, uma família está pedindo minha ajuda. Me guie nesse caminho, me cubra com teu sangue, me dê forças para lutar contra todos os seus inimigos. Amém!

CAPÍTULO VI

Demônios

Sobrevoamos a cidade. Eu ainda não estava fazendo ideia do que iria acontecer. Estava sentindo um calafrio, sabia que alguma coisa muito ruim me esperava.

Descemos do avião, fomos a um ponto de táxis. A mãe da Jaine estava pagando tudo, elas me falaram que a casa delas seria numa fazenda bem afastada da cidade.

Entramos no táxi, o caminho era longo, mas foi muito tranquilo. Chegamos na fazenda delas, Recanto da luz, nome bonito para um lugar que estava carregado de entidades demoníacas.

Com muita calma, sai do veículo, dando um grande suspiro. Já não estava me sentindo bem, um ar pesado me assombrava, dei uma grande olhada ao meu redor e vi que os animais ali estavam muito estranhos, todos estavam afastados da sede da fazenda, sentia que o casarão estava com uma presença estranha, uma sombra rodeava aquele local. As moças já foram logo notando que eu não estava nada bem, ele estava muito distraído e não queria entrar.

— Oi! Está tudo bem!? Vamos entrar? — perguntou Jaine.

Demorei a responder, com um olhar pensativo, falei:

— Oi! Desculpa eu me distrair! Opa, vamos!

Na varanda, estavam alguns funcionários sentados esperando a Jaine chegar. Já fomos entrando dentro da casa, Douglas estava sentado no pé da escada, totalmente paralisado com seu rosto assustado. Todos começamos a observar ele, sem entender nada. Jaine me apresenta para Douglas. Todos os funcionários que estavam ali do casarão ficaram no lado de fora.

— Oi, amor! Está tudo bem!? Esse aqui é o Josenias, ele veio aqui em casa para nos ajudar!

— Boa tarde, senhor! O senhor está bem!? — disse Josenias.

— Boa tarde! Estou, sim! Não tem nada acontecendo comigo!

— Verdade, posso ver que está tudo tranquilo com o senhor! Mas vim só para poder entender o que aconteceu com sua família há um ano atrás!

— Ah! Não aconteceu nada de mais, está muito bem! — respondeu Douglas.

— Tudo bem! Só vim aqui para conversar e depois vou embora.

Douglas decidiu me deixar conversar com ele, ele decide falar para irmos sentar para podermos conversar.

— Tranquilo! Mas quero que o senhor me fale tudo o que aconteceu!

— Vamos lá na cozinha! Sentamos à mesa, aí podemos conversar melhor! — disse Jaine.

Todos com um olhar desconfiado e eu pensativo, fomos para cozinha e nos sentamos à mesa de jantar, Douglas do lado da sua esposa, eu na cabeceira e a sua mãe, Rafaela, na outra cabeceira, deixando a dama de companhia Pamela em pé.

— Primeiramente, eu quero que vocês me contem o que está acontecendo!

— Já faz um ano que está acontecendo algumas coisas sem sentido conosco! Tudo começou quando meu marido inventou uma brincadeira com seu avô.

— Não foi bem uma brincadeira! Eu só fiz uma aposta com ele!

— Aposta!? Que tipo de aposta?

— Apostamos que se um de nós morresse, iria voltar para assombrar o outro!

— Tá vendo, isso não é coisa de brincar! Desde a morte do avô Adão, essas coisas vêm acontecendo, uma pior que a outra! — falou a esposa.

— Olha! Isso não é coisa de se brincar! As pessoas falam tudo que vem na cabeça elas nunca pensam se tem alguém que pode estar escutando! — eu disse.

— Como assim!? Você está me falando que outra coisa me escutou conversando com meu avô?

— Isso! Uma coisa que não é humana! Quando uma pessoa morre, ela nunca mais volta para este mundo! Na hora da sua morte, ela já é levada para seu lugar de direito!

Jaine e seu marido ficam muito assustados com a minha revelação. Eles não estavam acreditando que não podia ser o seu avô que tinha voltado!

— Que brincadeira besta essa a sua, hein! — disse Douglas.

— Olha, quando uma pessoa morre, se ela for boa, na mesma hora da sua morte, vem um anjo buscá-la para o Céu. Mas se for mal, vem um demônio para buscá-la e leva para o Inferno!

— Olha, eu e meu marido já vimos muitas coisas aqui em casa, escutamos batidas, vozes, vimos vultos. Na maioria das vezes, é de madrugada!

— Então, as entidades gostam muito de atuar durante as madrugadas! O que vocês estão vendo?

— Eu já vi uma criança me olhando, outras vezes, vi algumas sombras no canto da casa! Uma noite, vi uma mão na minha cama! Vi uma mulher na copa e ela me enforcou! — respondeu Jaine.

— Isso são entidades demoníacas! Elas gostam de incomodar, trazer sofrimento e discórdia para nós! Se vocês derem lado, elas podem atuar na sua vida!

— Meu Deus! Meu tio que é padre nunca falou isso para mim!

Fomos conversando e rapidamente escureceu. E quando percebemos, já era tarde da noite e eu tinha que voltar. Me levantei e pedi para orarmos, para Deus abençoar aquela família:

— Senhor Pai! Essa família está passando por algumas dificuldades espirituais, guarde eles com teu santo sangue, proteja eles e seus funcionários e parentes! A partir de hoje, não deixe que mais nada os perturbem! Amém!

Eu me despedi de todos e fui pegar o táxi que estava lá fora me esperando. Em frente ao veículo, vi uma sombra! Senti um peso no ar, como se tivesse uma presença muito forte ali comigo.

Naquele mesmo instante, tive uma experiência extracorpórea. De repente, me vi em pé na copa, em frente a uma grande mesa, estava tudo escuro, mas a luz da lua iluminava a sala, um som de apito soava em meu ouvido e uma voz grossa e bem alta mandou eu me sentar!

Com muita calma, me sentei na cabeceira da mesa. Na porta de entrada, veio vindo um demônio muito alto com o corpo esquelético com Sack Jackets negro, bengala com a forma de uma cruz na sua mão, ele se apresentou para mim:

— Eu sou Exu Caveira! Vim aqui para colocar enfermidades nessa família!

Logo atrás, vieram outros e cada um se apresentava e me falava o que iriam fazer.

A segunda era a Pomba-Gira, uma mulher com poucas roupas e com uma pele cinza e grandes unhas:

— Eu sou Pomba-Gira! Vim aqui para mexer na vida sexual dessa família!

O terceiro demônio era o Exu Tranca-Rua, um homem não muito alto com The Tuxedo (Smoking), com uma cartola e uma bengala de ouro:

— Eu sou Exu Tranca-Rua! Vim aqui para mexer nas finanças dessa família!

Erê, o último demônio, era uma criança bem vestida com um chapéu Boater:

— Eu sou Erê! Vim aqui para fazer confusão no lar dessa família!

Assim que todos se apresentaram, todas aquelas entidades saíram, uma de cada vez, e me deixaram só. Tudo escureceu e eu me vi em pé, em frente ao táxi, tinha voltado para meu corpo, fui me despedir de todos, mas eles estavam parados me encarando.

Me arrumei. Fiquei sem graça, comecei a orar nos meus pensamentos. Todos me falaram que eu estava estranho e perguntaram se eu estava bem!

— Oi!? Eu estou bem, não foi nada!

Não consegui andar, comecei a olhar ao meu redor. Dona Rafaela e Pamela saíram de dentro do casarão, para se despedir de mim, deixando o casal a sós. De repente, a porta se fecha com muita força, assustando a todos!

Ninguém entendeu o que tinha acontecido! Todos correram para o quintal, com aquelas caras de espanto, todos começaram a me perguntar o que estava acontecendo.

Não consegui falar nada. Comecei a correr, fui tentar abrir a porta do casarão! Puxei a maçaneta o mais rápido que eu podia.

Abri aquela porta com muita força, vi Jaine muito assustada, todos ficaram sem palavras, tentei manter a calma para poder ajudá-la! Douglas tinha desaparecido.

— Está tudo bem, senhorita Jaine? Cadê seu marido? — perguntei.

Jaine estava em pânico, mal conseguia falar. Me falaram que ele tinha sumido!

— Como assim sumiu? Uma pessoa não some assim do nada!

— Na hora que a porta fechou, alguma coisa o puxou! Não consegui ver o que era! Foi muito rápido! — disse Jaine.

— Coisa!? Vou atrás dele!

Entrei no casarão para caçar Douglas, tudo estava escuro. Dentro do casarão, estava tudo escuro, as luzes não acendiam. Vi que estava tudo diferente, não parecia mais aquele casarão. Assim que cheguei na sala, vi que a escada que ia para o segundo andar estava ao contrário, estava para baixo, descia para dentro do piso da casa.

O casarão começou a emitir um som, eram gritos agonizantes, vozes vindas do Inferno clamando pelo nome de Jesus Cristo. Elas diziam:

— Por que eu não fiquei? Por que não obedeci aos meus pais!? Ohhh! Por que, Jesus? Me ajuda! Meu Deus, me acuda! Mãe!!!!! Pai, me ajuda! Mãe, me tira daqui! Ohhh, meu Deus!

Cada vez mais alto de agoniante, minhas vistas escureceram, não podia mais ver nada. Sentia uma voz dentro de mim falando para eu ter calma.

Parei, tudo aquilo me fazia sentir muito medo, comecei a respirar com mais calma, relaxei e, por alguns segundos, fechei meus olhos. Abri e vi que tudo estava diferente, minha visão estava diferente, eu não podia ver as formas energéticas, eu estava no mundo espiritual, um som muito forte de zumbido soava no ar, parecia que era uma máquina batendo. Tudo parecia que estava flutuando, sombras me olhavam pelos cantos.

Eu precisava ter muita calma. De repente, a sala se encheu de entidades demoníacas, saíram do chão, do teto, de todos os lados, elas começaram a dar voltas ao meu redor, me encaram por um grande tempo, eram alguns seres baixinhos de um metro e meio, corpo todo branco, com um líquido preto dentro do seu corpo. Não tinham faces humanas, eram como bonecos, o chão estava muito escuro, não podia ver onde eu pisava. As paredes estavam repletas de veias de eletricidade.

De repente, uma luz branca muito forte apareceu, desceu do teto, clareou todos os cantos do casarão, fazendo todos aqueles seres fugirem. A luz era muito forte, coloquei minha mão nos meus olhos. Devagar, a luz foi se dissipando, vi que tudo voltou ao normal, comecei a escutar um som de batidas, era como tivesse um martelo de ferro dando pancadas em uma barra de ferro. Um som estrondoso.

Comecei a ver uma mancha escura se formando lentamente na minha frente, ela se assumiu uma figura masculina, a forma do Exu Caveira, ele se aproximou de mim e disse:

— Vim aqui te oferecer o mundo! Tudo de mais precioso que existe! O que você mais quer nesta vida? Posso lhe dar tudo! Dinheiro, mulheres, fama, poder ou um conhecimento inigualável!

— Você não tem o que eu quero! — respondi.

Caiu um retrato perto das escadas, fazendo eu desviar o meu olhar, me virei e vi que era Douglas, ele estava perto das escadas, todo encolhido em choque.

Me aproximei, perguntei se ele estava bem, ele não falava nada, estava muito assustado.

Um grande vento entrou nos corredores, passou por cima de mim, indo para porta, fazendo o Exu desaparecer.

Levantei Douglas em meu ombro, começamos a andar pelo corredor para a porta de saída. Chegando perto da porta, uma enorme sombra negra surgiu atrás de nós, Douglas estava muito mal, não conseguia andar, eu não podia carregar ele por todo o caminho tão rapidamente. Segurei ele mais forte e acelerei meus passos, para conseguir sair antes que ela nos pegasse.

Estava muito agoniante, a escuridão estava por pouco para nós pegar, a porta estava tão perto. Demos um grande pulo para fora do casarão, caímos no chão da varanda. Quando saíamos para fora do casarão, o céu estava repleto de estrelas, todos estavam lá, nos esperando sair. Aquela escuridão parou na porta e expeliu uma mancha escura que caiu perto de todos, começou a se assumir numa forma humana, um grande homem de olhos brancos, face negra, chapéu Fedora preto, começou a nos encarar. Agarrou Jaine pelo braço, o puxou para mais perto e disse:

— Vou matar essa criança! Vou beber o sangue de vocês!

Jaine caiu no choro, estava em desespero, não queria perder sua família. Douglas estava tonto, não conseguia levantar-se.

— Solta ela agora! — eu disse.

— Amor! Calma, eu vou te salvar! — falou o marido.

A criatura a jogou para o lado e veio em minha direção, foi aí que conseguimos ver a sua verdadeira forma. Um homem alto, magro, quase esquelético, de pele cinza, com grandes dedos.

Eu tinha que defender a todos. Tirei meu paletó, coloquei meus socos ingleses que estavam nos meus bolsos da minha calça, ergui minhas mãos, fiquei em postura de luta, deixei meus pés e quadril em total equilíbrio, estabilidade e mobilidade constantes, minhas mãos posicionadas ao alto, com polegares na linha das sobrancelhas. Com aquilo, eu estava com um campo de visão perfeito, cotovelos apontando para o chão, com eles ligeiramente abertos, com meu queixo baixo e recolhido e meus ombros levemente levantados, minha perna direita levemente curvada, com o pé erguido. Comecei a respirar lentamente. Estava pronto para a luta.

Ele veio com braços levemente erguidos, como se fosse um grande felino atacando. Se aproximou de mim, rapidamente agachei e dei um soco no seu estômago, me reposicionei e dei um giro para esquerda e dei uma cotovelada na sua nuca, fazendo ele perder o equilíbrio e caindo de joelhos. Ele me olhou com um olhar de fúria, de repente, se transformou em fumaça e entrou no chão.

Todos ficamos assustados com aquilo, continuei com minhas mãos erguidas, não sai da minha postura, já esperava um outro ataque daquele demônio.

Douglas recobrou a consciência e correu até sua esposa, ele queria ver se ela estava bem, pegou ela no colo e me olhou com um olhar muito assustado.

Respirei bem forte, baixei minhas mãos, me agachei e peguei meu paletó, dei umas batidas nele para tirar um pouco da terra. Guardei aqueles socos ingleses em meu bolso, lentamente virei o paletó por cima de mim e o vesti.

Todos ficaram espantados, rapidamente a criatura apareceu atrás do Felipe e o arrastou pelo pé. Erguendo-o apenas com uma mão.

— Socorro!!! Ah... Ah... — gritou Felipe.

Começou a girar ele no ar com uma só mão. O arremessou na varanda do casarão, fazendo Felipe bater as costelas na coluna da varanda, caindo no chão.

A criatura dá um grande grito:

— Vou matar todos! Caralho!

Dona Rosa se desespera ao ver Felipe caído na varando, corre para ajudá-lo. Em desespero, se abaixa e se senta ao seu lado, colocando a cabeça de Felipe em seu colo, ela começa a chorar ao tentar acordá-lo.

— Felipe! Acorda, meu filho! — disse dona Rosa.

A criatura foi em direção a Douglas e agarrou o seu pescoço, o enforcando.

— Vocês humanos são nada para mim, vão tomar todos no cu! — falou a criatura.

Douglas assustado e sufocado começa a xingar o demônio. Fazendo ele dar risada.

Aproveitei o momento para correr até eles, peguei na camisa de Douglas e dei um soco no queixo do demônio, fazendo ele tontear e soltar Douglas.

Ele caiu no chão. Douglas assustado se abaixa e sai de perto de nós, se arrastando no chão. Me distraí com Douglas e o demônio me acerta um chute no estômago, fazendo eu cair de joelho no chão. Com muita dor, comecei a vomitar.

Com muito ódio, o demônio se levanta e me acerta um tapa no meu rosto com sua mão, me arremessando a dois metros de distância. Todos entram em desespero, ninguém sabia o que fazer.

Lentamente, começo ver a todos desacelerarem, parecia que o tempo havia parado, começo a pensar o que podia fazer para salvar aquelas pessoas. O demônio começa a dar gargalhadas, todos corriam em desespero.

Fechei meus punhos, fechei meus olhos, falei com Deus em meus pensamentos:

— Pai! O que eu vou fazer? — me levanto e começo orar em voz alta. — Meu Deus, meu Pai, Senhor merecedor de toda a honra e glória. Quero ter em Teu nome, que eu creio que até a terra estremece pelo poder que há em Teu nome, que mostre para esse espírito das trevas que vá embora para o Inferno, de onde não deveria ter saído. Agora, óh, Pai, em Teu nome expulso esse espírito das trevas, cubra essa família com Teu sangue, agora e para sempre. Óh, Deus Santo. Amém e amém!

Com aquela oração, o demônio começa a se debater, entrando em agonia. Para cada palavra que eu falava, o meu tom de voz aumentava, fazendo o demônio derreter lentamente em um líquido preto, até minha oração encerrar.

Gritando em agonia, o demônio se desfazia, desaparecendo de uma vez.

— Ele morreu? — perguntou Douglas.

— Sim! Obrigado, meu Deus! — respondi.

Nesse momento, um espírito de ódio tomou conta de todos. Cegando todos que ali estavam. Começaram a blasfemar contra Deus.

— Deus!? Deus não fez nada! Só vi você aqui! — disse Jaine.

— Verdade! Não viu Deus aqui, ele nem se quer veio nos ajudar! — completou Douglas.

— Deus não ajudou em nada! — falaram os empregados.

— O que vocês estão falando!? Quem me mandou aqui foi Jesus! Se não fosse por Ele, eu não estaria aqui hoje! — perguntei assustado.

— Para, né! Deus nunca faz nada! — respondeu Douglas.

Uma raiva foi assumindo em mim e falei:

— Quando vamos aprender!? Que é Deus que faz! Quantas pessoas precisam sofrer para aprender que tudo isso é Dele! Quantos precisam morrer para vocês verem que Deus é Deus! Vocês vão blasfemar pra sempre?

— Meus Deus, o que vocês estão fazendo? — perguntou dona Rosa.

Todos ficaram calados, com muita raiva, me virei e fui para fora dali. Para meu coração não se corromper, eu preferi ir embora.

Assim que saí da fazendo, me sentir aliviado longe deles.

— O que foi que nos falamos? — perguntou Jaine.

— Só falei a verdade! — respondeu Douglas.

— Meu Deus! Nós não podíamos ter falado aquelas coisas! — completou dona Rosa.

CAPÍTULO VII

Deus

Já tinha passado um dia, eu ainda estava caminhando na estrada. Eu tinha saído da fazendo dos Lopez com tanta raiva que nem me importei de andar de a pé até a cidade. Só não imaginava que a cidade seria tão longe.

Comecei a rir muito, fiquei pensando o que aquela família preferiu negar a Deus do que agradecer!

— Óh, Pai! Fiz o que o Senhor queria, mas eles não reconheceram que foi o Senhor que os ajudou! Tem algumas horas que não consigo entender o que se passa na cabeça das pessoas.

Já estava ficando tarde, tive que parar para arrumar algum lugar para dormir. Ao sair da estrada, entrei um pouco para dentro da mata, arrumei uma barraca provisória, com algumas coisas que encontrei por ali, com um pouco de conhecimento que tinha, com minha vida na minha infância que tive no campo.

Fiz uma fogueira com alguns ganhos que estavam no chão perto de mim. Já estava bem escuro, me sentei em frente ao fogo, comecei a pensar de novo naquela família. Tudo o que eles falaram não saia do meu pensamento.

Comecei a conversar com Deus:

— Pai, o que aconteceu!? Já tinha terminado! Era só agradecer ao Senhor! Eles não queriam te reconhecer! Eu queria entender o porquê a luta contra o mal nunca se ganha!?

Estava tão cansado que fui dormir. Em meus pensamentos, tive um sonho! Me vi flutuando no céu! Via tudo por cima. Um grande campo, em um morro, eu avistava no chão várias lanças, umas oitos, em duas lanças havia dois homens espetados por trás.

Ao seu redor, no chão, estava repleto de sangue (poças e pingos de sangue no chão). O sol estava vermelho, atrás das lanças, ele estava se pondo (em um tom vermelho-laranja).

O céu todo nublado, mas o sol estava debaixo das nuvens. Era um pôr do sol que eu nunca tinha visto antes, parecia que o céu estava em agonia.

Longe, eu avistava um tubarão muito grande, com corpo metade homem e metade peixe repleto de músculos, vinha flutuando em minha direção, tinha uma grande boca, com uma mandíbula de um tubarão duende. Uma boca que se projeta para fora, permitindo uma mordida maior. Ele estava vestindo uma calça de pescador e um grande par de botas pretas.

No chão, havia um rapaz novo com aparência de ter uns 15 anos. Um jovem formoso estava pregado em uma cruz, que estava no chão. Tinha um pano cinza manchado de sangue em seu peito, que descia do ombro até a cintura.

Ele estava usando uma coroa de espinhos na cabeça, seu rosto todo machucado de sangue, por causa da coroa de espinhos. Seu corpo estava repleto de sangue. Ele representava estar muito fraco.

O tubarão desceu em sua direção. Falando com uma voz muito grossa:

— É você que fez todo esse sacrifício que não deu em nada! Olha o que fizeram com você! Fizeram o que fizeram com você e ainda deixaram você aí! — dizia rindo.

O tubarão abaixou e pegou pelo tórax o rapaz e o ergueu, fazendo a cruz pesada que estava presa em suas mãos rasgar a sua carne. A cruz caiu no chão.

A criatura ergueu o menino em sua frente e ficou encarando-o. Tão cansado que estava o menino, ele nem sequer reagiu, nem sequer abriu os olhos!

— Me falaram que você é imortal! Eu vou me alimentar da sua carne até os fins dos tempos! — disse o tubarão em tom de deboche.

A criatura mordeu o ombro direito do rapaz com muita fúria, deixando um buraco muito grande.

Em uma grande esfera de luz negra, o tubarão se teletransportou para um quarto muito acabado, sujo, escuro, bagunçado, com algumas poças de água da goteira que tinha no teto. O piso estava repleto de rachaduras, algumas poças de sangue, havia ali um esqueleto em uma cama de hospital.

Assim que chegou nesse quarto, jogou o corpo do rapaz no chão e saiu. Deixando ali só largado, não fazia um som sequer.

Deixando-o ali por vários dias. No primeiro dia, a criatura vinha e mordia um pedaço de sua carne, deixando-o todo machucado. Na noite, ele se regenerava e o tubarão vinha no outro dia repetir tudo. Fazia isso por vários dias, deixando o animal muito gordo!

O menino não falava nenhuma palavra, nem murmurava. Passaram-se alguns dias com aquela tortura. Um certo dia, algumas lágrimas escorriam dos seus olhos, mesmo assim, ele não reagiu, nem murmurou.

Em alguns dias, o tubarão vinha e comia seu braço e suas pernas, assim se foi por muito tempo. Se passando muitos anos com isso, a criatura ficou com muita ira, entrou no quarto e pegou o rapaz pelo seu braço, uma mão no braço direito e a outra na perna esquerda, mordendo no meio do corpo.

Estica seu corpo, arrancando o seu braço direito. Nesse momento, o tubarão olha para os olhos do menino, como um último gesto, o rapaz dá um pequeno sorriso. Com uma raiva, largou o menino no chão. Com muita raiva, o tubarão fala:

— Vou comer toda sua carne agora!

Deixando o menino só em ossos, com uma irá, o joga em uma poça de sangue no chão. Ossos caindo, naquela poça, começa a se encher de um sangue denso e devagar foi se regenerando, as veias foram se formando, a carne se reconstruindo, uma pele bem fina se formando por cima da carne. Bem devagar, até voltar tudo ao normal, todo o seu corpo.

Tudo escureceu, viu uma cidade escura caindo em ruínas. O sol não estava no céu, mesmo assim, o céu estava muito claro, tinha uma cor cinza, as casas todas velhas, caindo aos pedaços, os prédios vazios, tudo como estivesse morto.

No meio da avenida da cidade, estava repleta de pessoas, todas estavam muito magras, só em pele e osso, todos com roupas velhas e rasgadas, elas estavam carregando esse tubarão em um grande trono.

Sentado no trono, o tubarão estava muito gordo, com uma roupa social, uma camisa branca, com uma calça preta, uma cartola, um charuto na boca. Cheio de orgulho de si mesmo. Nada abalava sua arrogância, ali, ele era o rei do mundo.

Ele estava passeando por toda a cidade, aquela grande multidão de cabeça baixa não aguentava carregá-lo. Rindo muito, debochando de todos, parecia que nada abalava a sua arrogância. No final da cidade, havia um morro, dele saiu uma voz doce, muito linda. Ela ecoou por toda cidade, dizendo:

— O teu fim chegou!

O tubarão olhou para trás bem lentamente, se assustando com aquilo que ele via. Ele entra em pânico, começa a correr desesperado, passando por cima de todos sem ligar onde pisava, derrubando todos ao seu redor. Como ele estava muito gordo, suas pernas não estavam com tanta força, o que fez ele cair no chão, tendo de se arrastar. Se arrastar com grande agonia, ele estava muito desesperado, aquilo que ele tinha visto o deixou muito assustado.

No alto do morro, havia a figura de um homem muito bonito, representava que estava cheio de vida, uma luz ofuscava, deixando ver apenas da sua boca até sua cintura, ele tinha em sua mão direita um cajado reto de madeira, comprido. Em sua cintura, tinha uma bolsa feita de pano, de alça comprida que vinha do ombro até a cintura. Com um sorriso, uma voz doce suave saiu de sua boca, dizendo:

— Teu tempo acabou aqui!

Acordei daquele sonho, vi que já estava de dia, me arrumei, voltei para a estrada e caminhei até à cidade.

Fim!